KB114282

회사가 좋았다가 싫었다가

회사가 좋았다가 싫었다가

**오래,
꾸준히,
건강하게
일하기 위하여**

배은지 지음

지콜론북

일러두기

-본 도서는 국립국어원 표기 규정 및 외래어 표기 규정을 준수하였습니다.
 다만 일부 신조어나 입말로 굳어진 경우에는 저자의 표기를 따랐습니다.
-단행본은 『 』 드라마명은 〈 〉로 표기하였습니다.

1장
오늘도 출근합니다

2장
괜찮다가, 그만두고 싶다가 한다

3장
퇴사 말고 퇴근합니다

이게 다
회사 때문(어쩌면 덕분)이다

글을 쓰기 시작한 건 다 회사 때문이었다.

입사 9년 차에 '직장 생활 10년만 하자'고 마음먹었는데, 그저 소모되고 마모되는 회사 생활을 버티고만 있다는 생각이 들어서였다. 버티는 직장인은 위험하지만, 퇴사는 더 위험하게 느껴지는 신중한 사람(=쫄보)인 나는, 입사 9년 차가 되어서야 회사 밖에서 할 수 있는 '다른 무엇'을 하나씩 시도해 보며 그 과정을 글로 썼다. 그런데 그 과정에서 뜻밖의 행복을 만났다. 예상치 못한 깨달음을 얻었다.

직장 생활을 10년만 하자면서 사실은 11년 차가 될 것만 같아 두려워서, 일단 뭐라도 해야 한다는 다급한 마음에 쓴 글이 방향 전환기가 되었다. 여전히 방황하고 정해진 것은 없고 자주 희망과 좌절을 오가지만, 회사 생활을 버티는 과정에서 배우고 성장하며 답을 찾는 나를 있는 그대로 받아들이고 긍정하게 되었다.

쓰다 보니 이게 다 회사 덕분이었다. 나름의 정신 승리법으로 이제는 멘탈 강한 척, 그럭저럭 잘 버티고 있는 척했지만 사실은 영혼 없이 일하고 싶지 않음을 깨달았다. 내 몫의 일을 잘 해내고 싶다. 할 수만 있다면 단단히 뿌리를 내리고 줄기와 잎을 틔우며 계속 성장하고 싶다.

이 책을 쓰면서 '회사, 언제까지 다닐 수 있을까'라는 막연한 질문 대신 조금씩 나만의 '회사 리듬'을 만들 수 있게 되었다. 나를 지키며 건강하게 잘 버티는 방법을 찾을 수 있었다. 그리고 이제는 누군가의 마음에 가닿는 이야기가 되길 바란다.

나와 비슷한 사람들, 한 번쯤 회사 말고 '다른 무엇'을 꿈꾸어 본 당신, 여전히 회사가 괜찮다가 그만두고 싶다가 하고, 직장 생활 n년만 해야지 하면서도 매년 갱신하며 어느새 n+1년 차가 되어 가끔은 머쓱한 당신, 퇴사를 꿈꾸지만 사실은 내 몫의 일을 잘 해내고 싶은,

오늘도 출근하는 모든 직장인에게.

1장

오늘도

출근
합니다

직장 생활 10년만 하기로
마음먹은 이유

1년 전쯤, 직장 생활을 딱 10년만 하겠다고 결심했던 건 당시 유행처럼 번졌던 퇴사 열풍 때문도, 강산도 변한다는 10년이라는 시간에 의미를 부여한 것도, 그저 곧 10주년을 맞이하기 때문도 아니었다. 직장 생활 10년만 하자고 스스로 주문을 걸듯 다짐했던 건 사실 '국민연금' 때문이었다. 지난해 이사하며 독립을 했고, 처음으로 세대원이 아닌 세대주가 되었다. 세대주가 되고 나니 국민연금공단에서 꼬박꼬박 국민연금 납입 안내문을 보내주고 있었다는 사실을 처음 알았다. 그 우편물에 적힌 시간,

102개월

내가 그동안 국민연금을 납부한 시간이자, 직장인으로서 살아온 기간이었다. 앞으로 몇 년을 더 납부해야 하는지, 수령액은 얼마인지 시뮬레이션까지 해서 친절하게 안내해 주는 우편물을 보며, 나는 처음으로 국민연금에도 '최소 납입 기간'이 있다는 걸 알게 되었다.

10년

최소 10년만 채우면 국민연금을 수령할 자격을 갖는다. 실제 내가 연금을 수령할 때쯤이면 그 금액이 얼마나 소소할지 상상이 가지 않는 것은 아니지만, 나는 그 우편물에서 이상한 위로를 받았다. 조금만 참으렴. 이제 곧 나라에서도 국민연금을 받을 만큼 일했다고 인정해 주는 10년이야. 그러니까 이제 한 번쯤 쉼표나 마침표를 찍어도 괜찮아.

노후가 불안해서 일한 건 아니었는데. 직장 생활을 10년만 하면 국민연금을 받을 수 있다는 것이 이렇게 위로가 될 줄은 몰랐다. 어쩌면 나는 국민연금이라는 소소한 믿을 구석을 핑계로 기한을 정하는 것이 필요했는지도 모르겠다. 시작은 했으니 그 끝을 정하는 일.

입사 후 7년 정도는 회사가 급변하며 성장하던 시기

라, 실무를 통해서 배우고 회사와 함께 성장하는 몰입과 성취감 속에서 꽤 '운 좋은' 직장 생활을 했다. 존경심이 들 만큼 열정적인 조직의 리더들, 피드백과 영감을 주는 동료들. 지금에 와서 돌이켜 생각하면 그건 정말 엄청난 행운이었다.

그러다 직장 생활 8년 차가 되면서부터는 크게 힘든 일도 없고, 딱히 이직하고 싶지도 않았다. 회사가 너무 좋아서라기보다, 그만둘 만큼 힘들지 않았다. 더 나은 회사야 많겠지만 조직의 생리는 어디나 비슷하기에 지금의 안정감과 익숙함을 대체할 만큼 다른 곳이 더 나아 보이지 않았다. 일반적인 회사가 그러하듯 적당한 안정과 적당한 변화, 엄청난 성취는 아니지만 엄청난 괴로움도 없이 적당한 만족과 적당한 스트레스 속에서 그럭저럭 일과 삶의 밸런스를 찾아갔다.

대신 조직에서 위로 올라갈수록 그 안에서 느끼는 행복이 줄어드는 것은 분명해 보였다. 다행히 불행을 느끼는 것에도 무뎌져서 적절히 균형이 맞아갔다. 행복과 불행의 밸런스. 이대로 계속 회사에 다닌다면? 생각보다 나쁜 미래는 아니었다.

가끔은 입사 동기들과 회사 욕을 하고, 회사 생활 어떠냐는 물음에 열변을 토하다 눈물을 쏟던 시절이 그립다. 요즘에는 회사 생활 어떠냐고 물으면 누가 묻든 간에 나는 쿨하게 말한다. "나쁘지 않아요." 정말 나쁘지 않은데도 나는 회사 밖 세상이 궁금했다. 지금까지 잘 버티고도 그런 생각이 들었다. 나는 원래 회사 체질인 걸까? 아니면 체질이 회사에 맞춰진 걸까? 상상만 하면 알 수 없는 세상이고, 생각만 하면 영원히 대답할 수 없는 질문이었다.

이제는 다른 시작이 필요했다. 쉼표든 마침표든 찍고 새로운 목표를 준비해야 할 시점이었다.

꼰대 꿈나무의 세계로
발을 들이는 기분

　　회사 내부 강의에서 대한민국 직장 생활의 비극은 직급이 올라갈수록 '보고 업무가 늘어나는 것'이라는 말을 들었다. '부하 직원이 한 일을 취합하여 윗사람에게 보고하는 것'이 중간 관리자의 주 업무인데, 회사라는 테두리 밖에서는 전혀 쓸데가 없는 일이라는 것.

　　이 만큼의 직장 생활을 겪어도 미래가 자꾸만 초조해지는 것은 내가 하는 일이 회사 밖에서도 의미 있는 일인지 같은 고민이 큰 이유를 차지했다. 연차나 직급의 상승이 실력의 상승은 아니다. 그 실력이라는 것도 이 조직에서만 유효한 능력일 가능성이 크다.

　　이번 주에도 회사에서 영혼이 털리는 일이 있었는데, 전사 워크숍을 앞두고 밀려오는 문서 작업 때문이었다.

우선 다른 일을 빨리 처리해야 해서 후배에게 초안을 만들어보라고 설명하는데, 내가 말하면서도 뭔 소리지 싶었다. 시간이 없어 "일단 써봐"라고 했는데 아, 내가 이런 말을 하다니. 꼰대 꿈나무의 세계로 발을 들이는 기분이었다.

금요일 오후 5시가 다 되어 후배가 써놓은 PPT를 열고 수정하려는데 내 뒤통수로, 내가 바쁜 걸 아니까 재촉하지 못 하는 팀장님의 얼굴과 괜히 내 눈치를 보고 있는 죄 없는 후배의 얼굴이 안 봐도 보였다. 순간 유독 정신 없던 일주일의 누적된 울분이 폭발하며 정말 눈물이 날 것 같은 심정이었다. 그러나 울 시간은 없었다. 눈물을 참고 나는 근원적인 질문을 던져보았다.

❶ 지금 이 PPT를 작성하는 이유는 무엇인가? 팀장님이 발표 자료를 파트별로 작성해 달라고 했기 때문이다.

❷ 팀장님은 왜 이 자료가 필요한가? 상무님 앞에서 발표해야 하기 때문이다.

❸ 상무님은 왜 발표를 시켰는가? 상무님도 사장님 앞에서 발표해야 하기 때문이다.

❹ 그럼 최종적으로 사장님은 왜 발표를 시켰는가?

임원들이 업무 파악을 잘하고 있는지 판단하기 위함이다.

그렇다면 사장님과 상무님 두 분이 해결하면 될 일 아닌가? 먹이 사슬도 아니고 질문의 사슬 그 끝에서 결국 나는 '안 해도 될 일'을 하고 있다는 자괴감에 빠졌고, 갑자기 분노에 차서 팀장님에게 이 자료를 대체 왜 만들어야 하느냐고 질문하고야 말았다.

금요일 오후 5시.

그냥 빨리, 조용히, 묻지도 따지지도 않고 발표 자료를 만든 후 컴퓨터를 끄는 것이 더 바람직하고 어울리는 시간이었다. 모름지기 안 해도 될 일은 그렇게 해야 하는 것이다. 팀장님은 한숨을 쉬며 무엇이 문제냐고 물었다. 나는 '안 해도 될 일'을 하는 게, '필요 없는 일'을 하는 게 문제라고 답했다. 그러자 팀장님은 안 해도 될 일을 해온 사람의 내공이 느껴지는 대답을 내놓았다.

"필요 없는 게 아니야. 소모되는 일을 할 뿐이야." 이 말을 하는 팀장님의 얼굴이 정말 소모되어 없어질 것 같은 표정이어서 나는 더 말할 수가 없었다. 다시 모니터로

회사가 좋았다가

고개를 돌리고 PPT를 만들기 시작했다. 사실 이런 PPT는 마음만 먹으면, 영혼 없이 하면 30분이면 만들 수 있었다. 팀장님은 사원도 아닌 과장인 내가 이런 말을 하는 게 당황스러웠을 것 같기도 하다. "너 갑자기 왜 이래? 신입처럼? 일의 의미가 중요하고, 왜 하는지를 알아야 동기부여가 된다는 거야?"라는 말을 차마 입 밖에 내지는 않았지만, 영문을 모르겠는 건 내가 아니라 팀장님이었는지도 모른다. 난 갑자기 뭐가 그렇게 억울했을까. "신입 사원만 일의 의미가 중요한 건 아니에요! 사원도 언젠가 과장이 되는 거 아닌가요?"라고 외치고 싶었지만 참았다. 소모되는 일을 묵묵히 수행하며, 영혼은 잠시 내려놓고 참고 견디며.

안 해도 되는 일을 하니까 월급을 받는 것이 직장 생활이라면 그럭저럭 이해하고 넘어갈 수도 있다. 그런데 회사를 오래 다니고도 이렇게 인생의 오춘기처럼 방황하는 나에 대해 스스로 놀라기도 하고 돌이켜 보며 깨달은 것은, 나는 유행처럼 '퇴사'하고 일을 그만두고 싶은 사람이 아니라, 일을 잘하고 싶은 사람이라는 것이다.

퇴사의 순간을 꿈꾸며 준비해야겠다고 마음먹은 지가 2년이 다 되어가는데, 진짜 원하는 것은 퇴사가 아니었다. 내가 할 수 있는 일의 최대치는 무엇일까? 더 가슴

뛰는 일, 더 의미 있는 일을 할 수는 없을까? 그럴 수만 있다면 지금의 힘듦은 마음의 근육을 키우는 일로 기꺼이 받아들일 수 있을 것 같았다.

영혼 없이 일하고 싶었는데 사실은 영혼만은 내려놓고 싶지 않았다. 근력 운동은 질색이지만, 마음의 근육은 어떻게 해서든 키우고 싶었다. 근성과 의지를 가지고 잘할 수 있는 일을 찾고 싶다.

회사가 좋았다가

영혼 없이 일하고 싶었는데
사실은 영혼만은 내려놓고 싶지 않았다.
근력 운동은 질색이지만, 마음의 근육은
어떻게 해서든 키우고 싶었다.

중간 관리자,
알고 보면 쓸쓸한 이름

입사 후 3년간 마케팅 부서에서 일하다가 지금의 기업 문화 본부로 처음 인사 발령을 받은 날, 이제 막 신입 사원의 티를 벗은 나에게 발령 부서의 팀장님이 이런 말을 했다. 사업 부서에서 본사로 왔으니 사장님을 비롯한 여러 임원분과 관리자들을 만나게 될 텐데, 윗사람이라고 배울 점만 있는 것은 아니라고. 장점은 빠르게 배우고 단점은 '나는 저렇게 되지 말아야지' 하고 반면교사로 삼아야 한다고 말이다.

타산지석보다 반면교사라니 어딘가 냉정한 말이었다. 그러나 팀장님은 그래야 빠르게 성장할 수 있다며 명심하라고 덧붙였다. 뭔가 드라마에 나오는 팀장님을 만난 기분이었다. 실제로 그분은 승진 때마다 '최연소' 타이

틀을 달며 조직 내에서 승승장구하고 있었다. 취할 건 빠르게 취하고 버릴 건 빠르게 버리는 것에서 그치지 않고 버리기 전에 '나는 저렇게 되면 안 된다'는 결심도 해야 한다니. 지금에 와서 돌이켜 보면 조직 생활에서 '진리'에 가까운 말이었다. 다양한 사람을 만나니 배움의 팔 할이 사람으로부터 오고 사람을 통해 보이지 않는 학습을 하는 것이 조직 생활의 숨은 진리였다.

이런 조직 생활에서, 특히 조직 규모가 커질수록 빠르게 양산되는 것이 바로 '중간 관리자'다. 조직이 커질수록 쪼개지며 생기는 파트, 팀, 본부, 부문, 그룹 등과 그에 따른 총괄 담당, 총총괄 담당, 총총총괄 담당 같은 식의 수많은 중간 관리자가 생기며 조직의 복잡도가 기하급수적으로 올라가는 상태. 이러한 복잡한 상태를 우리 실무자들은 한 문장으로 정의 내리곤 했다.

일하는 사람은 없고 잔소리하는 사람만 많다.

다른 말로 표현한다면 의사결정 체계가 복잡해서 일하기 힘들다, 정도일까. 아무튼 힘들다. 국내 일반적인 기업 사원의 업무에서 실무 비중이 100을 차지한다면 권한이 커지고 위로 올라갈수록, 특히 함께 일하는 구성원이 많아질수록 '관리'라는 업무의 비중이 늘어난다. 문제는 이 관리 업무가 대부분 규모가 큰 기업, 심지어 그중에서도 딱 여기, 바로 이 조직에서만 쓸모 있는 경우가 많다는 것이다.

조직에서만 통용되는 노하우(유사어로 짬밥, 눈칫밥)만 늘어나는 커리어라니. 정년퇴직해도 인생 2막, 3막이 남은 100세 시대에 이것은 재앙 수준의 위험이 아닐까. 물론 요즘은 큰 회사들도 빠른 의사결정을 위해 중간 관리자 없는 수평적인 조직을 지향하고 실제로 그렇게 조직을 운영하기도 한다. 그러나 문화가 바뀌지 않고 체질이 개선되지 않으면 부서 명칭 변경 그 이상의 의미나 효과가 없는 경우가 많다.

최근에 한 회사가 빠르고 수평적인 조직문화를 위해 기존 호칭 제도를 폐지하고 '매니저'라는 단일 호칭을 도입했다. 그런데 우연한 자리에서 만난 그 회사 직원이 호칭 변경 후 오히려 소통이 더 어려워졌다며 고충을 토로한 적이 있다. 자기와 같은 차장급 직원도 매니저, 신입 사원도 매니저다 보니 같은 팀 사원에게 무언가를 가르쳐주기가 애매하다는 것이다. 이런저런 조언이나 가이드를 잔소리나 괜한 참견으로 듣지 않을까? 이러면 나도 꼰대인가? 신경이 쓰이고, 신입 사원의 입장에서도 적극적으로 물어보는 게 눈치 보이고 어렵다고 한다. 그저 각자 자기 일을 할 뿐인데 신입 사원과 내가 동등한 입장에서 일하는 것이 과연 공정한 것인지, 이게 정말 수평적인지 의구심이 든다고. 맨땅에 헤딩하고 있는 신입 사원을 보며, 우리가 스타트업 같은 DNA를 가지고 있는 것도 아닌데, 몸에 맞지 않는 제도만 받아들여 오히려 이들이 배우고 성장할 기회를 막는 건 아닌가, 싶은 걱정마저 든다고 했다.

이렇게 중간 관리자를 극단적으로 아예 없애버린 특수한 경우를 제외하고, 대부분 기업은 규모가 커질수록 중간 관리자가 무한대로 양산되는 중이다. 나 역시 후배가 생기고 직급이 올라가며 팀에서 그 역할을 맡게 되었다. 그런데 중간 관리자 역할이 자칫 아랫사람이 한 일을 취합해서 윗사람에게 보고하는 일이 되지 않도록 경계해야 한다. 그런 보고는 어떤 가치나 의미, 내공이 더해질 가능성이 희박하다. 잔소리 스킬이나 소모적인 지적, 안 해도 될 말로밖에 미미한 나의 존재감을 확인할 길이 없는 상황이 발생할 수도 있다.

상상만으로도 갑갑한 상황이지만, 한 발자국만 떨어져서 바라보면 어딘가 쓸쓸한 모습이다. 나 역시 이제 후배를 보면 신입 시절이 떠올라 이해가 되면서도, 한편으로는 후배가 생기고 나니 선배들의 말이나 행동도 이해가 된다. 선배들이 '대체 왜 저럴까' 하는 순간보다 '나도 저럴 수 있겠다' 싶은 순간이 늘어난다.

그럴 때마다 반면교사를 명심하라던 그때 그 팀장님의 말이 떠오른다. 하지만 '나는 저렇게 되지 말아야지' 같은 다짐만이 개인이 할 수 있는 최선은 아니길 바란다. 조직을 통째로 바꿀 수는 없지만 '나라도 그러지 말아야지' 같은 개개인의 다짐이 모여 조직을 바꾸는 변화의 실마리가 되기를. 물론 언젠가 나도 '저렇게 되지 말아야지'라는 생각이 들게 하는 선배가 되면 어쩌지? 상상만으로도 등골이 오싹해 지지만 말이다.

회사에
중간은 없는 걸까

없는 문제도 만드는 CEO vs 행복 회로형 CEO.

써놓고 보니 극단적이기 이를 데 없지만, 직장 생활을 하며 깨달은 진리 중 하나는 회사에 중간은 없다는 것이다. 회사에서 오랜 시간 직간접적으로 경험했다. 기업의 커뮤니케이션이나 기업문화 담당자에게는 누가 더 나은 CEO일까?

얼핏 보면 없는 문제도 만드는 CEO보다는 행복 회로에 특화된 낙천적이고 긍정적인 CEO가 같이 일하기 편안해 보인다. 실제로도 3년 가까이 '문제 만들기'에 특화된 CEO와 일하며 밤에 잠이 잘 안 오는 날들이 많았다. 이렇게 표현하니 별일 아닌 듯하지만 그땐 정말 이러다 정신병 걸리는 게 아닐까 싶었다. 없는 문제도 만드는 CEO에게는 모든 순간이 위기다. 그 유명한 드라마 〈도깨비〉의 명대사가 떠오른다.

날이 좋아서, 날이 좋지 않아서, 날이 적당해서,
모든 날이 좋았다.
그리고 무슨 일이 벌어져도 네 잘못이 아니다.

이 대사를 없는 문제도 만드는 CEO 버전으로 하면 이렇게 바꿀 수 있다.

날이 좋아서, 날이 좋지 않아서, 날이 적당해서,
모든 날이 문제(=위기)다.
그리고 무슨 일이 벌어져도 다 내 탓(=CEO 탓)이다.

갑자기 사원이나 대리 직원이 퇴사하면 직급이 낮은 직원들 이탈이 문제이니 해결책을 찾아야 했고, 높은 직급이 퇴사하면 직원들에게 새로운 동기부여를 심어줄 방법을 고민해야 했다. 회사가 사옥 이전을 앞두고 있을 때는 칭기즈칸이나 콜롬버스의 마음으로, 새로운 대륙으로 우리가 가야만 하는 비전과 꿈을 만들어야 했고, 소소한 회사 체육대회 경품 선정 문제에서부터 4차 산업혁명이라는 거대한 흐름에 이르기까지 우리는 매 순간 위기를 극복하고 위기를 기회로 만들기 위해 치열하게 고민하고 준비해야 했다. 실제로 이 회의 시간에 체육대회 경품에서 시작된 이야기가 4차 산업혁명 이야기까지 물 흐르듯 이어지는 것을 경험했다.

자연스럽게 이야기의 주제를 끌고 가는 CEO는 실로 대단한 분이었다. 그 열정이 때로는 놀랍고 존경스러웠다. 그런 삶이 부럽지는 않았지만 아! 저런 열정이라니, 나도 한번 가져보고 싶다는 생각이 들었던 때도 있었다. 매 순간 전쟁을 이끄는 장군, 부하를 이끄는 장수에 빙의하여 전장을 지휘할 수 있는 그 에너지가.

그렇게 3년 가까이 한 번도 지친 내색 없이 자신을 불태워 일했던 CEO는 홀연 해외 법인으로 발령을 받아 떠났다. 우리 모두 그 사실을 발령 일주일 전에 알았다. 멘붕 속 CEO 교체 후 지금도 가끔 '위기'라는 단어를 들으면 그분이 떠오른다. 함께 일하면서 힘들었지만, 이 일을 왜 하는지에 대한 강력한 자각이 매순간 있었다. 물론 위기니까. 그런데 그게 다는 아니었다. 회사가 사옥을 이전하며 새로운 비전을 만들라니 이 무슨 밑도 끝도 없는 소린가 싶었지만, 꾸역꾸역 기업문화 프로그램을 기획하며 나름대로 내가 하는 일에 의미를 부여하고 있었다.

때로 너무 거창하여 민망하였으나 그래도 사옥 이전 기념 이벤트가 아니라 회사의 중요한 변곡점에서 새로운 꿈을 그려보고 있다는 마음가짐, 단순한 물리적 이전이 아니라 새로운 시작, 그리고 이 변화는 누군가가 쥐여주는 것이 아니라 결국 스스로 찾고 만드는 것이라는 동기 부여가 그것이다. 손발이 오그라드는 깨달음일지도 모르겠으나 그 시절 나는 분명 자신을 채찍질하며, 진심으로 느끼고 깨닫고 있었다. 힘들었던 시간으로 되돌아가고 싶은 것은 아니지만, 그 시절 나는 분명 배우고 성장했다. 위기는 문제의식을 자극했고, 그 자극이 주는 건강한 긴장감 속에서 일하는 것이 싫지 않았다. "힘들었지만 보람 있었다"라는 세상에서 제일 식상한 문장으로도 표현될 수 있겠으나 직장 생활에서 가장 많은 성취감을 느꼈던 시간이었다. 가끔 그 시절이 그립기도 하다.

나는 매일 아침 출근하기 싫은 평범한 직장인이지만, '일하기 싫은 사람'보다는 '일을 잘하고 싶은 사람'이 되고 싶었다. 이왕 하는 일을 두려워하거나 피하기보다, 스스로 찾고 잘 해내는 사람. 그것이 때론 남들 다 하는 직장 생활인데 유난스러운 욕심 같기도 하고, 능력에 비해 세상을 힘들게 사는 길인 것 같아 쉽게 드러내지 못했다.

그래도 나는 모든 순간이 위기였던 CEO 곁에서 위기를 극복할 방법을 머리에 쥐가 나게 고민하고, 그 과정에서 단순히 비관주의자가 아니라 비판적 낙관주의자가 되는 법을 배웠다. 현실을 냉정하게 인식하면서도 회복 탄력성을 갖는 법. 항상 강렬한 위기의식에 몰아세워도 이내 극복할 수 있는 사람은 어쩌면 가장 담대한 희망을 품는 사람인지도 모르겠다.

직장 생활,
사심을 버리니 본질이 보였다

"좀 손해 본다고 생각해."

직장 생활을 잘하기 위해 끊임없이 생각하는 말 중 하나다. 직장 생활에 대한 여러 권의 책을 쓴 작가가 존경하는 임원분과 대화 중 들었던 말이라고 했다. 이 말 덕분에 회사에서 '사심私心' 때문에 생긴 슬럼프를 극복할 수 있었다고. 손해? 사심? 처음에는 이 말의 의미가 잘 와닿지 않았다. 나에게도 슬럼프가 오기 전까지는.

최근 회사 인원이 급격히 증가하면서, 내가 속한 본부에도 경력직 직원이 계속 입사하고 있다. 한 회사에 오랫동안 몸담고 있는 나에 비해, 경력직으로 입사한 내 또래 직원들은 적게는 한 번, 많게는 세 번, 네 번째 이직으로 우리 회사에 왔다. "이직은 한 번이 어렵지…"라는 말은 진짜인 걸까. 이직은 늘 막연했다. 가끔 채용 사이트를 들락날락하기도 했고, 헤드헌터의 전화는 최대한 좋은 인상을 남기고자 친절하고 당차게 받으면서도, 막상 이직이라니. 내 인생에 과연 일어날까 싶은 이벤트였다.

그래서인지 통계상 내가 희귀한 쪽임이 분명함에도, 나는 내 또래 경력직 직원들이 신기했다. 가장 신기했던 것은 어딘가 비슷한 느낌의 '영혼 없음'이었다. 말로 표현하는 것이 조금 어렵긴 한데, 이 영혼 없음은 나쁜 뜻이 아니라, 마치 처음부터 있었던 사람처럼 자연스레 녹아드는 것이다. 조금 사무적이지만 모두에게 친절하고 상사에게 매우 잘 맞추며, 적당히 가깝게, 적당히 거리를 두며 잘 지내는 점. 업무는 업무로만 끝내고 왠지 워라밸을 잘 지키는 것 같은 프로페셔널한 모습. 아, 회사는 회사일 뿐이지. 감정과 열정을 다 쏟는 건 아마추어야, 이런 느낌. 물론 사람에 따라 다르겠지만 나에게는 관통하는 비슷한 느낌이었다. 문득 '나도 이직을 한다면 이런 느낌일까' 하는 생각이 들었다. '첫 직장', '내 회사(오너도 아니면서)'라는 마음보다는 '그냥 직장', '회사는 회사' 이런 마음으로 조금 쿨하게, 적당히 마음을 두고 적당히 거리를 두며 다닐 수 있을 것 같다는 생각 말이다.

회사에 후배도 많이 생기고 다양한 커리어와 환경에서 온 사람들이 섞이면서, 기존에 없던 스트레스가 생겼다. 이를테면 저 사람은 나를 어떻게 생각할까, 방금 저 사람은 왜 저런 표정을 지었을까, 아까 그 말 괜히 했나? 같은 남을 신경 쓰는 마음. 그리고 묘한 경쟁 심리나 경계심 같은 감정에서 오는 스트레스다.

이 스트레스가 회사 생활에 방해가 될 만큼 나를 흔들기 시작할 무렵 슬럼프가 찾아왔다. 이런 게 직장 생활의 슬럼프인가 괴로운 마음이 들었을 때 '사심'이라는 단어가 다시 떠올랐다. 사심의 본뜻은 '제 욕심을 채우려는 사사로운 마음'으로, 전에 없던 스트레스의 원인은 전에 없던 욕심 때문이었다는 것을 깨달았다. 무작정 잘 보이고 싶은 마음이 아니라 저 사람보다 잘 보이고 싶은 마음, 저 사람보다 인정받고 싶은 욕심.

처음부터 불행이 예정된 부질없는 욕심 때문에 나를 괴롭히고 스스로 자존감을 끌어 내리고 있었다. "좀 손해 본다고 생각해"라는 말은 사심을 버리라는 뜻이지 무조건 손해를 보라는 뜻이 아니었다. 사사로운 욕심 때문에 나 혼자 손해라고 느끼고 있을 뿐이었다. 일을 잘하고 싶은 마음을 넘어 항상 일 잘한다는 소리를 듣고 싶고, 보상을 바라고, 나 아니면 안 될 것 같고, 인정받는 것이 당연한 것 같은 그런 사사로운 마음에서 벗어나니 정말로 마음이 편했다. 여차하면 시기, 질투하는 마음에 험담을 하고 다니는 모습을 상상해 보았다. 스스로 최악이라 생각했던 상황. 그 지경까지 갔다면 두고두고 내 못난 모습 때문에 더 힘들었을 것이다.

변호사로서 온갖 송사를 담당하며 오랜 시간 자신의 클라이언트를 연구한 니시나카 쓰토무는 '좀 손해 본다고 생각하는 것'은 덕을 쌓는 일이며 결국 좋은 운을 가져온다고 분석했다. 예를 들면 슈퍼마켓에서 식품을 살 때 유통기한이 제일 많이 남은 것에 손이 가기 마련인데, 오히려 슈퍼마켓이 손해를 보지 않도록 유통기한이 가장 임박한 것을 사는 사람, 택시를 타면 항상 "거스름돈은 괜찮습니다"라고 하는 사람처럼 사소하지만 기꺼이 손해를 감수하는 이들이 있다.

조직에서는 사심을 버리는 일과 일맥상통한다. '내가 왜?'라는 사심 어린 욕심보다는 이왕이면 '내가 하지 뭐' 이런 마음이 결국 덕을 쌓는 일이고, 그 덕은 결국 좋은 운을 가져온다. 개인에게도, 조직에도. 사심을 버리기로 마음먹은 후로 확실히 스트레스가 줄었다. 남과 비교하며 나를 괴롭히는 일도 줄었다. 여전히 누군가에게 인정받고 싶은 마음은 있지만 그 기준이 '남보다 더'는 아니다. 일의 본질과 그 안에서 일하며 성장하는 것이 더 중요해 졌다.

사심을 버리니 본질이 보였다. 어차피 내 것이 아닌 직장 생활. 그 안에서 나의 일을 하면서 누가 시켜서가 아니라 내 경험의 폭을 확장하고 최대한 오너십을 가질 수 있는 환경에 나 스스로를 데려가고자 노력했다. 그리고 무엇보다 마음이 편하다. 손해 보는 것 같은 기분이 들 때마다 덕을 쌓고 있다고 생각한다. 이 덕이 언젠가 좋은 운으로 돌아올 것이라고 믿으며.

회사가 좋았다가

사심을 버리기로 마음먹은 후로
확실히 스트레스가 줄었다.
남과 비교하며 나를 괴롭히는 일도 줄었다.
여전히 누군가에게 인정받고 싶은 마음은 있지만
그 기준이 '남보다 더'는 아니다.

직장 생활에서 운이 좋다는 건
무슨 의미일까

"사장님을 네 분이나 모셨네요." 어느 점심 식사 자리에서 들었던 말이었다. 오전 미팅이 끝나고 한 임원분이 오늘 점심 약속 없으면 같이 식사하자는 제안에서 이어진 자리였다. 어느 시골 가든 같은 샤부샤부 식당이었고 창밖의 연못에는 잉어가 헤엄치고 있었다. 전원 스타일의 분위기에 도취되어 막 끓어오르는 샤부샤부 육수를 바라보느라 그랬는지, 사장님을 '모시다'라는 7, 80년대 경제 개발 시대 스타일의 올드한 표현이 어색하지 않았다. 사장님을 네 분이나 모신 내가 꽤 대단한 일을 해낸 느낌이 들기도 했다.

그 임원분은 신나게 지난 추억을 소환하며 예전 사장님들과 얽힌 에피소드를 풀어놓기 시작했다. 이분은 전

형적인 용장勇將이었고, 이분은 지장智將이라 힘들었지만 많이 배웠고, 지금 사장님은 인장仁將이어서 오래 뵈어도 한결같은 분이라고. 거의 삼국지 수준의 에피소드를 쏟아내던 중 임원분이 나에게 물었다.

"사장님 네 분 중에 누가 가장 좋았어요?"
"음, 다 장단점이 있고 다 배울 점이 있으셨죠. 어느 한 분을 고를 수가 없는데요?"
"우문현답이네요."
"그럼 제일 힘들게 했던 사장님은 누구예요?"
"하나도 안 힘들었다면 거짓말이지만, 제가 업무를 하면서 본질을 바꿔야 할 만큼 저를 힘들게 하신 분은 없었어요."
"본질?"
"네. 운이 좋았던 건지, 이 업무를 대하는 저의 태도를 네 분 모두 존중하고 인정해 주셨습니다."

막상 말하고 나니 이게 내 입에서 나온 말이라는 게 놀랍고 이 무슨 이불 킥 발언인가 싶었다. 갑작스러운 질문에 머릿속에서 튀어 나가듯 이런 대답이 나온 것이 낯 간지러우면서도, 두고두고 곱씹어 보게 되었다.

낯간지러운 이 말은 분명 사실이었다. 직장 생활은 곧 '적응'이었고, 내가 다니는 회사는 오너 회사가 아니기에 그때그때 바뀐 사장님 성향에 따라 달라지는 업무 방식이나 우선순위, 분위기에 내가 맞추어야 하는 것은 변함이 없었다. 그래도 정말 옳지 않은 일을 한다거나, 맞지 않는 방법으로 일을 하고 있다는 생각이 들 만큼 바꾸어야 했던 적은 없었다.

그런 마음이 들 때면 내 생각을 참지 않고 말할 기회가 있었고, 대부분 실무자가 느끼는 것을 수용하고 인정해 주었다. 물론 그런 설득의 과정에서 쏟아부어야 할 에너지나 스트레스가 없는 것은 아니었지만 결과적으론 옳은 방향으로 나아가고 있다는 자기 확신을 내려놓지 않고 일할 수 있었다. 이런 상황을 나는 '영혼 없이 일하지 말자'라는 마음가짐이라고 생각했다. 그렇다면,

나는 정말 운 좋은 직장 생활을 한 걸까?

나도 모르게 '운이 좋은 건진 모르겠지만'이라고 한 말을 곱씹어 보았다. 왜 이런 말이 튀어나왔을까? 정말 진심으로 나는 운이 좋았다고 생각하는 걸까? 직장 생활에서 운이 좋다는 건 무슨 의미일까? 어찌어찌하여 요즘

그 흔한 이직 한 번 하지 않고 한 회사를 오래 다니고 있지만, 운 좋게 만족하고 있어서라기보다 지난 회사 생활이 버라이어티하고 다이내믹하여 질릴 틈이 없었고, 퇴사하기엔 나는 위험을 감수하기 전에 기회비용을 꼼꼼히 따져보고, 중요한 결정 앞에서 한없이 신중해지는 사람이기 때문이다.

그동안 힘들 때마다 사주, 신점, 타로 등 온갖 무속신앙에 기대어 "저 지금 괜찮은 건가요?", "앞으로 괜찮을까요?"를 물었는데, 그마저도 부질없어 한동안 안 보다가 최근에 친한 친구를 통해 용하다는 분에게(항상 용하다는 분에게 보긴 했었다) 생년월일시만 보내고 사주를 본 적이 있다. 이제 내가 봐줘도 되겠다 싶을 정도로 많이 본 사주팔자였는데 별 기대 없이 카톡으로 전달받은 사주 내용 중 한 부분이 눈에 들어왔다.

30살부터 올해까지 직업 때문에 힘듦. 의지가 강하고 노력을 많이 했지만 그에 비해 성과가 많이 안 나고 마음 둘 곳 없음. 올해 말부터 점점 좋아짐.

이 중에서도 가장 마음에 와닿았던 문장이 있다. 밑줄 긋고 별표를 그려야 할 기쁜 말인 '올해 말부터 점점 좋아짐'이 아니라 '마음 둘 곳 없음'이었다. 마음 둘 곳이 없다고? 내가? 사주 아저씨 하나도 안 맞네? 이런 생각이 들었다면 좋으련만. 나는 갑자기 상처를 들킨 사람처럼 마음이 아팠다.

직장 생활을 기회로 인생에 다시는 없을 좋은 사람들을 많이 만나고, 언제나 사람 때문에 버틴 것도 맞지만, 어려움에 봉착할 때마다 외롭다는 생각이 들 때가 많았다. 정말 애를 쓰고 있다는 생각이 들었다. 지나고 보면 힘들었지만 보람 있었다는 건 사실 내가 나를 위로하는 말이다. 긴 시간 동안 나는 애써 나를 돌보고 위로하며, 안간힘을 쓰며 버티고 견뎌온 게 아닐까. 그래서 자꾸만 숨이 가빠질 때마다 직장이라는 연못 위로 아가미를 내밀며, 쫄보 주제에 더 버거울지 모를 연못 밖 세상을 갈망하고 꿈꿨던 걸까.

사주팔자에도 그동안 마음 둘 곳 없어 힘들었다는데, 아가미를 수면 위로 내밀며 얕은 연못 속을 헤엄치는 잉어가 보이는 샤부샤부 식당에서 어느 임원분의 질문에 나는 분명 지난 그 세월이 '운이 좋았다'고 대답했다. 그러면서 '본질'이라는 단어를 이야기했다. 아무리 힘든 상황이 와도 내가 지금까지 버틸 수 있었던 원동력은 본질이 훼손되지 않고 존중받으며 일할 수 있었기 때문이었다. 일하는 태도, 즉 어떠한 상황에서도 '나는 이 일을 왜 하는가?', '나는 무엇을 위해서 일하는가?'를 최우선으로 생각했기 때문이다.

경영진이 계속 바뀌고, 회사가 언제나 과도기이자 변곡점이었던 시기에 이 자세를 견지하는 것은 웬만한 멘탈로는 힘든 정말 어려운 일이었다. 그럼에도 소신과 의지를 가지고 일할 수 있었던 것은 분명 행운이었다. 뿌리가 흔들리지 않았기 때문에 휘둘리지 않을 수 있었다. 꽃을 피웠는지 아직은 모르겠지만 나는 마음 둘 곳 없는 외로움 가운데서도 줄기와 잎을 틔우며 배우고 성장했다.

한동안 사주 아저씨의 말이 종종 떠올라 마음이 울컥울컥했다. 씩씩한 척했는데 마음 둘 곳 없다는 말에 속마음을 들킨 것 같았고, 사실은 힘들면서 멘탈이 강하다는 주변 사람들 말을 칭찬으로 여기며 속으로 앓았던 내가 안쓰럽기도 했다. 사주팔자 그거 통계학 같은 거라던데 불행을 다행으로 여기며 산 건 아니겠지. 그래도 올해 말부터 좋아진다니까, 이건 진짜 다행일 거야. 롤러코스터를 타는 하루하루였다.

내리지도 못하는 롤러코스터 위에서, 어느 날 나는 장문의 카톡 메시지를 하나 받았다. 지난해 해외 법인으로 발령을 받아 떠난 전임 사장님의 메시지였다. 거의 일 년만이었다. 자필 편지가 아님에도 느껴지는, 분명 엄청 쑥스러운 마음으로 꾹꾹 눌러쓴 게 분명한 메시지였다. 그 안에는 해외 법인에서 다시 새롭게 일하며 리더로서 느끼는 두려움과 외로움, 힘듦에 대한 짧은 소회가 담겨 있었다. 그리고 마지막에 이런 말이 적혀 있었다.

"현지 직원들과 일하며 사람의 마인드를 바꾸기가 쉽지 않다는 것을 다시 한번 느끼고 있습니다. 이럴 때마다 B 과장 같은 직원과 함께 일할 수 있었던 게 큰 행운이었다는 생각이 듭니다. 늘 감사한 마음입니다."

순간 눈물이 툭, 떨어졌다. 나를 만난 것이 큰 행운이었다고 기억해 주는 사람이 있다니. 직장 생활 10년. 많은 것들이 뒤늦게 깨달음으로 다가오고, 그때는 몰랐던 것들이 조금씩 결과로, 결실로 이루어지는 것도 분명 있다. 누군가에게는 잊을 수 없는 기억으로 남는다. 이만하면 행운이었다.

올해 연말부터 점점 더 좋아질 것이라는 사주팔자를 믿어보기로 했다. 이만큼의 행운 뒤에 더 좋은 날들이 오기를. 엄청난 변화보다는 변하지 않는 것들을 변함없이 더 사랑하게 되기를.

아무리 힘든 상황이 와도 내가 지금까지
버틸 수 있었던 원동력은 본질이 훼손되지 않고
존중받으며 일할 수 있었기 때문이었다.
일하는 태도, 즉 어떠한 상황에서도
'나는 이 일을 왜 하는가?', '나는 무엇을 위해서
일하는가?'를 최우선으로 생각했기 때문이다.

주인 의식이 아니라
주식을 주세요

최근 읽은 책 『나는 아마존에서 미래를 다녔다』는 세계 최고의 혁신 기업이자 평균 근속 연수가 1년인 혹독한 기업 아마존에서 한국인 중 가장 오랜 기간, 무려 12년을 근속한 저자가 쓴 아마존의 숨겨진 이야기다. 책의 전반부에서 가장 흥미로웠던 부분은 신입 사원 교육에 대한 이야기였다. 나는 회사에서 신입 사원이나 경력직 입사자의 입문 교육 중 일부를 담당하고 있어 더 궁금하기도 했는데, 그중 무릎을 탁 치게 만드는 부분이 있었다.

아마존에서는 신입 사원들에게 회사의 주식을 준다고 한다. 특별한 점은 한꺼번에 받는 것이 아니라 4년에 걸쳐 나눠 받는다는 것이다. 예를 들면 총 100주의 주식을 첫해에 10주, 두 번째 해에 20주, 세 번째 해에 30주,

회사가 좋았다가

네 번째 해에 40주와 같이 뒤로 갈수록 주식을 많이 받게 되어 사원들이 회사에 더 머물도록 하는 효과가 있다. 교육이나 연수를 통해 주인 의식을 강요하는 것이 아니라 실제로 주인이 된 증표인 회사의 주식을 주는 것이다.

주인 의식이 아니라 주식을 주다니!

주인 의식을 강요하는 것이 아니라 주식을 준다는 너무도 심플하고 확실한 방법에 살짝 감동받기까지 했다. 나는 기상 음악을 들으며 일어나 새벽 구보를 하던 전통적인 한국 기업의 신입 사원 연수를 받았다. 심지어 방송국에서 신입 사원 연수의 새벽 구보 현장을 취재까지 나오는 바람에 새벽에 눈밭을 달리는 모습이 9시 뉴스에까지 나갔다. 물론 지금은 사라진 연수 프로그램이지만, 당시 이 광경을 뉴스로 본 부모님은 회사 가더니 생고생하네가 아니라, 취업하더니 9시 뉴스에도 나온다며 자랑스러워했다. 그게 나빴다는 게 아니라 그런 시절이었다.

그런 시절에 입사하여 주인 의식을 주입식 교육으로 받아온 나에게, 이제 너는 회사의 주인이라며 주식을 주는 아마존의 쿨한 방식은 그야말로 유레카였다. 그동안 나는 왜 되지도 않을 애사심과 주인 의식 고취를 위한 수

많은 프로그램을 기획하고 실행하고 또 기획하고 또 실행한 걸까? 주식을 주면 주인이 되는 건데.

물론 스톡옵션(회사의 주식을 사원들에게 일정한 가격으로 매수할 권리를 부여하는 제도)이 의미가 있는 것은 스타트업이나 아마존처럼 폭발적인 성장 가능성이 있을 때다. 한 예로 가끔 친한 직원들에게 추천 주식 종목을 찍어주는 선배에게 "우리 회사 주식 사는 건 어때요?"라고 묻자 잠시 어두운 표정으로 고민하다 이렇게 답했다. 이건 나를 정말 아끼는 마음에서 하는 말이니 어디 가서 절대 얘기하면 안 된다고 하며 했던 단호한 한 마디.

"사지 마."

물론 그 말의 의미는 내일모레 회사가 망한다는 건 아니었다. 빠르게 돈 벌고 싶으면 사지 말라는 의미. 즉 당시 핫했던 바이오주 같은 주식을 사라는 의미이긴 했지만 어쨌든 결론은 사지 말라는 것. 누구보다 애사심 강한 선배였는데, 선배로서의 체면이고 뭐고 없는 이 냉철한 답변에 선배가 나를 정말 아낀다는 것만은 진심이라는 걸 확신할 수 있었다(덕분에 애사심 레벨 1 상승했습니다).

주입식 교육도, 주식도 효과가 없는 회사는 어찌해야

할까. 어렵고도 어려운 문제다. 애초에 애사심이나 주인의식은 주주나 진짜 오너가 아닌 이상 평범한 직원이 갖기 어려운 마음이라고 불가능 판정을 내기리엔 어딘가 씁쓸하다. 그 마음이 중요하지 않은 건 아니기 때문에. 개인의 성장에도, 회사의 성장에도 사랑하는 마음과 내 것이라는 마음보다 더 강력한 힘이 뭐가 있겠나.

그런 의미에서 나는 주식 창을 열고 오랜만에 회사 주식을 확인해 보았다. 파란색이다. 떨어졌네? 안타깝고 조금 마음이 아프다. 이런 게 사랑이라면 사랑인가? 나도 내 마음을 모르겠다.

미드 〈지정생존자〉 보다가
인생 망할 뻔한 이야기

온라인 동영상 스트리밍계의 공룡 '넷플릭스'. 본가에 가면 넷플릭스가 설치되어 있어 영혼이 다 털릴 때까지 콘텐츠 정주행을 하곤 하는데, 그때마다 동생이 그럴 거면 모바일에 앱을 깔고 보라고 한다(TV 혼자 독점하지 말라는 뜻). 그럴 때면 나는 항상 똑같이 대답하고 '넷플릭스 내 폰 설치'를 거부했다.

"안 돼. 내 인생 망해."

나 같은 이야기 금사빠에 프로 정주행러가 넷플릭스를 만난다면 그야말로 현실의 내가 나인지 넷플릭스 속 내가 나인지 구분 못 하고 스트리밍의 바다에서 평생을 허우적댈 것이 분명하다. 천만다행으로 이런 부분에서 나는 나를 매우 잘 안다. 그래서 아쉽지만 넷플릭스는 본가에 갔을 때만 TV로 보기로 나와 타협했다. 넷플릭스 채널을 돌리다가 우리나라에서 리메이크하여 화제가 된 드라마 〈지정생존자〉 이야기를 온 가족이 하게 됐다. "저 역할이 지진희고 저 역할이 배종옥이야?" 이런저런 이야기를 하다가 그만 미드 〈지정생존자〉 시즌 1의 에피소드 1을 클릭해 버렸다. 전쟁의 서막. 그렇게 나는 미국 국회의사당 폭탄 테러와 함께 하루아침에 대통령이 된 톰 커크먼을 만나게 되었다.

정신 차리고 보니 에피소드 8이 끝나 있었다. 에피소드 하나당 40분 정도 되니 최소 320분이 순삭. 에피소드 13을 지날 무렵, 드디어 온 가족이 나에게 넷플릭스에서 나오라고, 채널을 돌리라고 난리였다. 그런데 〈지정생존자〉 시즌 1의 에피소드 13이라 하면 정말 이야기가 반전에 반전을 거듭하며 절정으로 치닫고 있는 상황이다(많은 블로거들도 그렇게 말한다). 멈추기엔 늦었다. 그렇게 나는 어느 주말, 내 스마트폰에 넷플릭스 앱을 깔았다.

주위 많은 사람이 넷플릭스 안 보냐며, 그 재밌는 걸 네가 왜 안 보냐며 성화일 때 단호하게 '인생 망한다'고 응수했던 것은 일종의 방어 기제였다. 역으로 요즘 주말마다 넷플릭스를 보는데 넌 절대 깔지 말라고 미리부터 말해주는 고마운 사람들도 있었다. 나를 넷플릭스의 세계로 인도하다 못해 스마트폰에 앱까지 깔게 만든 미드 〈지정생존자〉에 빠진 가장 강력한 이유는 바로 '대통령의 말' 때문이었다.

주인공은 선출된 대통령이 아니다. 그저 국회의사당에서 본인을 뺀 모든 행정부 구성원과 상원, 하원의원 전체가 불의의 폭탄 테러로 사망하였기에, '지정 생존'을 계기로 대통령이 되었다. 그는 아무런 준비 없이 갑작스럽게, 변변히 내세울 것도 거의 없는 상태에서 권력의 시험대에 올랐다. 그런 그가 매번 위기를 극복해 나가는 과정에서 가장 큰 힘은 바로 솔직하고 진정성 있는 말 한마디였다. 연설문부터 기자회견, 외교적 대화, 동료들이나 국민들과 나누는 대화 등 그가 하는 말을 통해 나는 대통령의 말, 곧 '리더의 말'의 중요성을 절감했다. 말 한마디에 천 냥 빚, 아니 천만 달러의 빚도 갚는다는 것은 진짜다.

회사의 비전이나 리더의 생각을 직원들에게 진정성 있게 전달하는 것은 무엇보다 중요한 일이다. 나름 나의 업무 중에 '임원 연설문 작성', '경영진 대직원 메시지 작성'도 있어서일까. 드라마이건만, 그것도 미국 드라마. 그럼에도 메모해 두고 나중에 두고두고 써먹고 싶은 문장들이 많았다. 그리고 주옥같은 문장들보다 더 인상 깊었던 한 장면이 있다. 방송에 출연하여 인터뷰하는 대통령을 보며, 대통령의 전 비서실장과 그의 지인이 나누는 대화 장면. 대통령이 인터뷰를 정말 잘한다는 지인의 말에 전 비서실장이 대답한다.

"진심이니까."

우리말로는 "진심이니까"라고 번역되었지만 원어의 느낌을 살려보면 "정말 그렇게 생각하니까", "정말이니까" 정도로 번역할 수 있다. 언행일치. 회사에서 CEO 레벨의 많은 리더를 보면서 항상 생각했던 것이었다. 소통을 원한다면 말을 많이 하는 것이 아니라 행동으로 보여주어야 한다. 리더가 하는 말이 '말뿐'이 아니라는 것을 믿도록 하는 힘이 중요하다.

수많은 기업의 리더들이 많이 하는 실수가 조직 내소통이 안 된다며 '커뮤니케이션 데이'나 '타운홀 미팅' 같은 것을 만드는 일이다. 커뮤니케이션은 특정한 '데이'에만 해서도, '타운홀'에서만 이루어져서도 안 된다. 그런데 나와 같은 기업의 커뮤니케이션 담당자 입장에서는 그래도 이런 프로그램을 해야 뭔가 했다는 티가 나고 나 역시도 뭔가 한 것 같기 때문에 무념무상 기획을 하게 되는데, 돌이켜 보면 담당자부터가 가장 경계해야 할 일이다.

대통령도 그렇겠지만 기업에서의 소통은 늘 잘 안되는 것 같고 가시적인 성과를 내는 것이 힘들다. 간혹, 아주 간혹 리더 중에 성과가 눈에 보이지 않아도 묵묵히 꾸준히 조금씩 나아지고 있다는 희망을 품고 소통해 나가는 분들이 있는데, 이런 분들의 공통점은 달변이 아니었다. 언행일치였다.

사실 달변가는 많다. 하지만 달변이 아니어도 저 말은 진심이기 때문에, 정말로 그렇게 생각하기에 듣는 사람들에게 그것이 전해지는 순간이 있다. 가끔 이런 순간을 가까이 경험할 때면 '진심은 전해진다'라는 진부한 문장이 눈앞에서 실현되는 것 같아 경외와 존경의 마음이 들었다.

직장 생활을 견딜 수 있었다고 하면 우울한 표현이긴 하지만, 견디는 마음 안에서도 의미와 보람이 없는 것은 아니었다. 타인의 마음이 다른 타인의 마음에 진심으로 가닿는 것을 느낄 때의 의미와 보람 덕분에 지금을 지낼 수 있는 힘이 된 것이 아닐까.

다시 넷플릭스 이야기로 돌아와서, 〈지정생존자〉 시즌 1을 끝낸 후, 시즌 1의 마지막 에피소드가 무려 미국 국

방성 건물인 펜타곤이 테러를 당하냐 마느냐의 기로에서 충격적인 결말을 맞이했기 때문에, 그 와중에 시즌 2를 보지 않을 길은 없었다. 그러나 이렇게 내 인생을 망하게 할 수는 없었다. 대체 시즌 몇까지 있는 것인가! 다급히 네이버에 '미드 지정생존자'를 검색하니 이 무슨 일? 하늘이 도왔다. 이 드라마는 시즌 3을 끝으로 제작이 중단되었다고 한다. 만만세. 캐스팅 문제든 제작비 문제든 시즌 4가 취소된 자세한 내막은 모르겠지만, 이쯤 되면 내 인생을 구원하려고 취소되었나 생각할 지경이다. 덕분에 나는 가벼운 마음으로 시즌 2의 첫 에피소드를 클릭했으니까. 앞으로 800분 정도 남은 셈인데 그 정도 시간쯤이야 기꺼이 내어주리. 대신에 시즌 3까지 정주행 완료하면 내 스마트폰에서 앱은 흔적도 없이 지워주마. 내 인생을 망치러 온 나의 구원자. 넷플릭스.

애사심은 사람이 가질 수 있는
마음인가요

회사 생활이 늘 불행했던 건 아니었다고 말하고 보니 조금 불쌍해지는 기분이지만, 정말 그렇다. 그동안의 회사 생활은 애증의 시간이었지만 회사 안에서 보람과 성취를 느끼고 좋은 사람을 만나고 인정과 안정에서 오는 행복감을 느꼈음은 분명한 사실이다(그 사이사이의 불만과 좌절과 수많은 사이코 내지는 돌아이와의 만남은 이렇게 괄호 안에 두는 걸로).

대학생 때 홍보 관련 수업 중 교수님이 기업 홍보 담당자에게 가장 중요한 덕목이 무엇인지 물어본 적이 있다. 글쓰기 능력? 커뮤니케이션 스킬? 납득할 만한 답변이 오가는 사이 교수님은 가장 중요한 건 '애사심'이라고 했다. 거짓말도 하루 이틀이지, 사람이 하는 일인지라 진심이 아니면 오래 하기 힘들다고. 직장 생활을 이렇게 오래 할 줄 몰랐던 이십 대 초반의 대학생에겐 전혀 이해되지 않던 말이었다. 회사가 애정의 대상이 될 수 있다니.

입사 후 나는 주로 경영진과 대면하여 일하는 부서에 있었던 터라, 사회 초년생 때부터 회사 임원분들을 만날 일이 많았다. 그때마다 무릎을 칠 만큼 놀라웠던 것은 이분들의 한결같은 '애사심'이었다. 그렇다. 애사심은 사람이 가질 수 있는 마음이었던 것이다.

그럴 때마다 나는 봉준호 감독의 영화에 나올 것 같은 비밀스러운 상상을 해보았다. 회사 어딘가에 아무도 모르는 '상무 공장'이 있다. 그곳에서 철저한 공정을 거쳐 나온 상무들에게는 마지막 비밀 병기, 애사심이 한 방울씩 뿌려진다. 애사심이 탑재된 상무들은 조직 곳곳으로 흩어져 '열정', '헌신', '희생' 같은 직원들에게 쉽사리 와닿지 않는 말들을 설파하며 애사심 전도사가 된다는 상상.

그 공장에서 나온 전도사 중에서도 역대급 애사심으로 무장한 사장님을 만나 3년 가까이 일한 적이 있다. 애사심이 사람으로 태어난다면 사장님이 아닐까? 오너 회사도 아닌 기업에서 이런 열정이 가능하단 말인가! 자식을 낳아본 적은 없지만 이런 애정이라면 회사를 자식처럼 생각하는 게 아닐까, 하는 생각이 들 정도였다. 무엇과도 바꿀 수 없는 소중한 것, 날이 좋든 비가 오든 자식 걱정, 오로지 자식 잘되기만을 바라는 부모의 마음으로 회사를 바라보는 것. 대리 시절 어느 날 사장님이 정말 영문을 1도 모르겠다는 얼굴로 나에게 물었다.

"B 대리."
"네, 사장님."
"내가 꼰대 소리를 하려는 게 아니라 정말 궁금해서 그러는 건데, 요즘 젊은 직원들은 왜 이렇게 애사심이 없는 걸까?"

평소 같으면 그저 어색한 웃음으로 대처했을 터인데, 순간 사장님의 표정은 진심이었다. 너무 안타까운데 정말 이유를 알 수 없고 답답하여 끊었던 담배를 다시 피울 지경인 표정. 그 표정에 할 말을 잃어야 하는데, 무슨 생각이었는지 나는 이런 말을 입 밖으로 내어버렸다.

"애사심이 없는 게 아니라, 애사심을 갖는 방법을 모르는 건데요."

나의 뇌가 나의 입을 미처 막지 못하고 튀어나간 말

이었다. 사장님은 대리 나부랭이의 대답에 더욱 영문을 알 수 없는 표정이 되었고, 나는 의식의 흐름처럼, 마치 이 질문에 이렇게 대답할 것이라고 자동 완성으로 입력되어 있던 사람처럼 튀어나간 이 말의 의미를 한동안 곱씹어 보게 되었다. 지금에 와서야 고백하건대, 애사심을 갖는 방법을 모른다는 말은 사실 '그 애사심, 저도 가질 수 있다면 갖고 싶어요!'라는, 아주 작은 반항심에서 나온 말이었다. 가정을 돌볼 시간도 없이 회사와 일에만 올인하며 30년을 살아온 사장님의 삶이 마냥 부러운 것은 아니었지만, 온갖 어려움을 극복하며 회사와 함께 성장하고, 회사의 발전이 곧 나의 발전이었던 사람의 가슴속에 자연스럽게 자리 잡은 마음이 애사심이라는 것을 어렴풋이는 알 것 같았다. 저렇게 자식을 키우는 애달픈 심정으로, 저런 열정을 가지고 일하는 사람이 느끼는 성취감은 대체 어떤 느낌일까. 무엇과도 바꿀 수 없는 기쁨이 있겠지. 그러니까 가능한 거겠지. 고백하건대 한 번쯤 가져보고 싶은 마음이었다.

그렇게 철없던 대학생 시절, 말을 가려 할 줄 몰랐던 대리 시절을 지나 '과장'이 되던 날, 승진자 사령장 수여식 날이 와버렸다. 보통 승진자 사령장은 사장님이 수여하는데, 그날은 긴급한 회의 일정으로 사장님 대신 전무님이 대리 수여를 하게 되었다. 전혀 예상치 못했던, 지금 생각해 보면 입사 이래 처음일 만큼 드문 일이었다.

감흥이 하나도 없을 줄 알았던 수여식이었는데, 뜻밖의 상황으로 사장님이 아닌 전무님 앞에 서게 되었다. 전무님은 내가 사원이었을 때 우리 본부 본부장님으로 발령받아 본부장, 상무를 거쳐 전무님이 되었고, 나는 사원, 대리를 거쳐 과장이 되었다. 어쩌면 허망하게도 그렇게 각자 세 단어씩의 직급으로 간단히 정리될 수도 있는 시간이겠다.

나의 풋풋했던 사회 초년생 시절. 회사가 사옥을 세 번이나 이전하는 바람에 서울을 돌며 평생 마실 술을 다 마신 것 같은 나의 흑역사. 늘 급변하는 경영 환경이라며, 혁신하지 않으면 살아남지 못한다며, 항상 위기이고 언제나 변곡점이었던 애증의 회사. 그 안에서 버티고 견디던 시간. 떠올리기 싫은 일부터, 그래도 가장 즐거웠던 어느 한 시절까지, '힘들었지만 재미있었다'라는 식상한 표현으로밖에 설명이 안 되는 기억들.

승진이 뭐라고, 사령장이 뭐라고, 종이 한 장인데. 그 종이 한 장을 주는 분이 전무님으로 바뀌고, 기억이 미화된 것인지 '힘들었지만 재미있었던' 그 오랜 시절을 함께한 사람 앞에 서서 내 이름이 호명되자, 왈칵 눈물이 날 것 같았다. 내 인생의 시나리오에는 없을 것만 같던 이상한 기분이었다. 수여식이 끝나고 단체 사진을 촬영하는데, 전무님이 다가와 같이 사진을 찍자고 했다. 그러면서 사장님이 주어야 할 사령장을 자신이 주는 것뿐인데 기분이 이상하다고 했다. 여기까지는 내 마음과 똑같았는데, 전무님이 한 마디 더 덧붙였다. 그런데 이렇게 직접 전해주게 되어 기뻤다고. 아, 그제야 눈물이 날 것 같던 이유를 알았다. 그 기쁨이 전해져서, 마음이 전해져서였다. 함께 기뻐해 주는 누군가의 마음이.

고생 많았어. 함께해서 기뻐. 이렇게 오랜 시간.
그런 마음.

이제야 교수님 말의 의미를 조금은 알 것 같았다. 애사심은 결국 사람에게서 온다는 걸. 관계와 공유, 비슷한 것을 보고 느끼는 시간. 저 사람도 나와 같은 생각을 하고 있다는 것을 어렴풋이 느끼는 보이지 않는 연대와 같은 것. 이것이 결국 기업의 비전이 되는 게 아닐까. 이런 연대가 조직 구성원들 마음속에 있다면, 선언적인 비전이나 슬로건은 만들 필요조차 없을 것이다.

승진을 증명하는 사령장보다, 그 사령장을 건네준 사

람의 마음이 고마웠던 그날, 나는 사람이 가질 수 없는 마음인 줄만 알았던, 도무지 알 길이 없었던 애사심을 갖는 방법을 조금은 알 것 같은 마음이었다.

회사가 좋았다가

애사심은 결국 사람에게서 온다는 걸.
관계와 공유, 비슷한 것을 보고 느끼는 시간.
저 사람도 나와 같은 생각을 하고 있다는 것을
어렴풋이 느끼는 보이지 않는 연대와 같은 것.
이것이 결국 기업의 비전이 되는 게 아닐까.

한 회사를 오래 다니는 건
위험한 일일까

일요일 오후 4시.

직장인이라면 기쁨과 슬픔 사이의 어중간한 시간일 즈음 팀장님으로부터 카톡 알림이 왔다. 분명 일요일 오후 4시에 굳이 보내지 않아도 될 업무 이야기. 나 역시도 세 시간쯤 지나서 메시지를 보았기에 대충 대답하고 넘겼다. 그런데 더 걱정되는 것은 그 카톡방에 있는 오늘 막 유럽으로 휴가를 떠난 후배가 마음에 걸렸다. 비행 중인지 아직 메시지는 확인하지 않은 상태였다. 공항에 내리자마자 이 메시지를 볼 텐데 기분이 어떨지. 나야 뭐 그러려니 하며 금세 잊어버렸지만, 나 또한 유쾌하진 않은 '휴일 상사로부터의 카톡 메시지'를 유럽의 공항에서 받을 후배가 걱정되면서 조금 자괴감이 밀려왔다. 하아, 이렇게 살아야 하나.

회사에선 그저 수많은 과장 중 한 명일뿐인데, 어느 순간부터 파트장 역할을 맡게 되며 일을 같이하는 후배들이 생겼다. 수많은 선배가 했던 말 '밑으로 후배가 들어오면 더 힘들어', '시키는 일을 하는 것보다 일을 시키는 게 더 힘들다. 너.' 했던, 당시엔 꼰대 소리인 줄만 알았던 말들이 명언으로 다가왔다. 차라리 혼자 열심히 일하고 혼나고 칭찬받던 시절이 편했다. 승진했을 때 축하한다며, 그런데 조직에서 위로 올라갈수록 개인이 느끼는 행복은 줄어든다고 정말 불행한 표정으로 이야기하던 팀장님의 말은 진심이었다. 설레는 마음으로 휴가를 떠났는데 주말 업무 메시지가 신경이 쓰일 후배가 걱정되면서 동시에, '나는 괜찮나' 하는 생각이 들었다. 카톡 알림 소리에 일요일 오후 낮잠에서 깨어 잠시 짜증이 났지만 대충 대답하고 대수롭지 않게 스마트폰을 침대 위로 던져버린 나,

이런 나는 정말 괜찮은 걸까?

한 회사를 오래 다니면서 좋은 점은 대수롭지 않게

넘길 수 있는 일들이 많아진다는 것이다. 주말 카톡이 아무렇지도 않은 팀장님도 있지만, 업무 시간 외에는 일절 카톡을 하지 않는 팀장님도 있다. 오랜 시간 동안 다양한 팀장님들, 동료들을 만나고 적응해 왔다. 저 사람은 원래 저래, 저 팀이랑 일하려면 어쩔 수 없어, 저건 이렇게 할 수밖에 없지 하며 대수롭지 않게 넘길 수 있게 된 것이 조직에서의 내공이라면 내공이다. 그러는 사이 나름 커뮤니케이션이 원활하다, 일 잘한다는 평판이 생기기도 하니까.

그런데 이게 정말 내 안에 쌓이는, 어느 조직에서나 통용되는 내공이 맞는지, 아니면 이 조직에서만 가능한 일인지는 진지한 성찰이 필요했다. 이곳에서 정년퇴직을 꿈꾼다면 모르겠지만 그게 아니라면 말이다. 한 회사를 오래 다니며 많은 일을 대수롭지 않게 여기다가 정말 문제의식이 전혀 없는 꼰대가 되는 것은 아닐까? "나 때는 말이야"라든지, "내가 해봤는데" 같은 극혐했던 말들과 '유사 동의어'를 나도 모르게 내뱉게 되는 날이 오는 것은 아닐까? 아, 정말 등골이 서늘해진다. 나 정말 괜찮은 걸까?

낯선 사람들에게 나를 소개하는 자리에서 한 회사를 오래 다녔다고 말하는 것이 조금 꺼려졌다. 그전에 우선 내가 꽤 희귀한 케이스라는 사실을 알게 되었기 때문이다. 업계마다 차이는 있겠지만 이 정도 연차라면 한두 번쯤은 이직을 해본 사람들이 대부분이어서 다들 나를 신기해했다. 초면이니 차마 신기하다고 말은 못 하지만 정말 신기한 얼굴로 물었다.

"좋은 회사 다니시나 봐요?"
"네??"

그때마다 이어지는 물음표의 향연. 나는 좋은 회사에 다니고 있나? 그래서 이렇게 오래 다녔나? 좋은 회사여야만 오래 다니는 거였어? 뼈 때리는 질문이었다. 사회 초년생 시절 입사하여 운 좋게도 기회를 많이 주는 상사를 만나 기획, 마케팅 분야의 새로운 일을 꾸준히 해볼 수 있었다. 매너리즘에 빠질 만하면 적절한 시기에 부서 이동이나 업무 변경이 있었다. 회사 내 변화가 많은 시기여서 지금의 부서에서 홍보, 기업문화, 브랜딩, 커뮤니케이션 같은 스펙트럼 넓은 업무를 담당하며 회사 체질은 아니어도 체질에 맞는 업무를 하고 있다고 생각했다. 이렇게 말하고 보니 그저 '아름다운 10년'이었으나, '어쩌다 보니 10년'이라는 말도 맞다. 큰 틀에서는 아름다웠으나, 데일리 한숨과 분노 속에서 회사를 언제까지 다닐 수 있

싫었다가

을까 하는 의심과 방황도 늘 함께였으니까.

누굴 탓하리오. 내가 선택한 길, 내가 걸어온 길이다. 언젠가 동생에게 이 이야기를 했더니 "한 회사에 오래 다니는 게 요즘 트렌드는 아니긴 하지"라는 대답이 돌아왔다. 하긴 그렇다. 그런데 트렌드라면 대세의 흐름이긴 하지만, 남들이 다 한다고 꼭 따라갈 필요나 예외가 없는 것은 아니다. 더구나 우리 회사는 다행인지 불행인지 정년이 보장되는 분위기라 더 그런지도 모르겠다. 그럼에도 고찰이 필요한 건, 그러니까 더욱 고찰이 필요한 건 분명하다. 내가 온정이 살아 있는 연못에서 많은 것들을 대수롭지 않게 여기며, 꼰대가 될 준비를 하며 안주하는 것은 아닌지. 익숙함의 덕, 조직 내에서 이 사람 저 사람과 쌓아온 세월의 덕을 보며 사실은 그게 나의 내공인 양 착각을 하는 것은 아닌지. 내가 정말로 일을 잘하고 싶은 사람이라면 이 내공이 어디에서도 통용되는 능력치로 내 안에 쌓이고 있는지 항상 경계하고 성찰할 필요가 있다는 걸, 뼈아프게 깨달았다.

회사 생활 10년이라는 말은 정말 무섭다. 등골이 서늘하다.

회사가 좋았다가

한 회사를 오래 다니며 많은 일을
대수롭지 않게 여기다가 정말 문제의식이
전혀 없는 꼰대가 되는 것은 아닐까?
"나 때는 말이야"라든지, "내가 해봤는데" 같은
극혐했던 말들과 '유사 동의어'를 나도 모르게
내뱉게 되는 날이 오는 것은 아닐까?
아, 정말 등골이 서늘해진다. 나 정말 괜찮은 걸까?

2장

괜찮다가,

그만두고
싶다가 한다

더 많은, 단단한 나를
만드는 일

글을 쓰기 시작하면서부터 가장 달라진 점이 있다면, 회사에서 우울하고 분노할 일이 있어도 그 감정에 젖어 퇴근하는 일이 줄어들었다는 점이다. 회사 문을 나오면서 생각한다.

오늘의 빡침을 꼭 글로 써보리.

대충 저녁을 먹고 시원한 카페에 앉아 글을 쓰기 시작하면, 월급을 받는 회사원이 본업인지, 글을 쓰는 일이 본업인지 헷갈릴 정도다. 글쓰기 소재를 발굴하기 위해 회사에 다니는 게 아닐까(하는 착각). 내일 또 출근해야 함을 알지만 그래도, 그런 행복이 있다.

개그맨 박나래가 본업인 코미디 프로그램의 아이디어를 밤새워 짜고 선보였는데 반응이 좋지 않으면 정말 절망했었다고 한다. 그런데 다양한 일을 시작하면서부터 개그맨 박나래가 있고, 여자 박나래가 있고, 디제잉을 하는 박나래가 있고, 나래바 사장 박나래가 있다. 그렇기 때문에 개그맨으로서 무대에서 까이는 것에 대해 조금은 덜 신경 쓰게 되었다고 한다. 일이 잘 안풀리더라도 오케이 괜찮아. 디제잉 하는 박나래가 있으니까, 다른 나래가 있으니까, 이렇게 사니까 너무 편해졌다고. 그걸 인지하고 있으면 하나가 실패하더라도 괜찮다. 또 다른 내가 되면 되니까! 요즘 글을 쓰면서 나도 자주 그런 마음이 든다. 스스로 참 감사한 마음이긴 하지만 그래도,

어쩌면 그래서,
회사가 괜찮다가, 그만두고 싶다가 한다.

글을 쓰는 일도, 회사에서 하는 일도 어쩌면 나를 갈아 넣는 일임에는 큰 차이가 없다. 글을 쓰는 것도 100퍼센트 행복하지만은 않다. 온라인 글쓰기 플랫폼인 '브런치'에 연재하기 시작한 후 아무도 시킨 사람이 없는데도 노트북 앞에 글쓰기 모드로 앉기까지 미루기도 하고, 게

으름을 피우기도 하고, 온갖 딴짓을 다 한다. 고치고 또 고치고, 퇴고라는 이름으로 아무도 알아주지 않을 단어 하나, 조사 하나 고쳐 쓰기를 수십 번. 그렇게 발행 버튼을 누르고 나면 글은 더는 내 것이 아니다. 내 것은 아니지만 한 편의 글은 온전히 그 자체로 남아 있다. 조회 수와 좋아요 숫자를 바라보며 느끼는 작지만 확실한 행복은 온전히 내 것인 느낌이다.

그런데 요즘 회사 생활을 언제까지 할 수 있을까, 하는 생각이 자꾸 드는 이유는 회사에서 열심히 일해도 남는 것이 별로 없다는 생각 때문인 것 같다. 내 자신이 마모되는 일을 하고 있다는 생각. 직장 생활이라는 게 원래 다 그런 거라며 버티기에는 그것에 매달리는 내가 아깝다는 마음이 자꾸만 든다. 시간도 노력도 감정 소모도. 내가 왜?

중2병도 아니고, 사춘기도 아닌데, 나도 나 때문에 환장할 노릇이다. 오늘도 팀장님과 그야말로 소모적인 일의 끝판왕, 닥쳐올 '안 해도 될 일'을 해야 할 상황에 대해 이야기하다가 잠시 감정이 격해졌다. 이런 논쟁을 하다 보면 요즘은 예전처럼 격렬하게 반항(?)할 힘도 없고, 오늘은 이런 내 말을 들어주고 있는 팀장님이 문득 불쌍하다는 생각마저 들었다. 이 사람도 힘들겠지. 어쩌면 나는 그냥 '어려운 부하 직원'이 아닐까? 나름 소신과 진심으로 일하고 있다고, 영혼 없이 시키는 대로 일하는 직장인은 되지 않겠다고 최선을 다해왔는데, 서로 힘들기만 하지 이게 무슨 소용이람, 하는 생각.

이렇게 매너리즘에 빠져들 때, 내일 바로 사표를 던질 수 없으니 개그맨 박나래를 떠올린다. '나'라는 사람이 100일 때 '직장인으로서의 나'는 70이나 60 정도면 좋겠다. 70이나 60의 나를 갈아 넣어 없어져도 30이나 40의 나는 남으니까. 그게 글을 쓰는 나든, 명상하는 나든, 어떤 나든 간에. 더 많은 단단한 나를 만들어야겠다는 생각이 든다.

요즘 나의 가장 큰 바람은 직장인으로서의 나를 제외하고 그 많은 '나' 중에서, 저축은 못 해도 '생활비 정도는 벌 수 있는 나'를 만드는 것이다. 직장인이 아니어도 먹고살 수 있는 실마리를 찾는 일. 그러면 건설적인 퇴사도, 본격적인 다른 삶도 조금은 길이 보일 것 같다. 쉬운 일은 아니겠지만 희미하게라도 실마리가 보일 때까지, 더 많은 나를 만들어보자.

회사에서 하고 싶은 일만
할 수는 없지만

좋은 일은 몰아서 온 기억이 없는데 왜 이렇게 힘드나 싶을 때, 회사에서 업무 조정이 있었다. '변화관리 프로젝트'라는 이름으로 야심 차게 추진되던 조직문화 개편 업무가 우리 팀으로 이관되었고, 결국 내가 속한 파트가 얼떨결에 프로젝트를 맡게 되었다. 내가 맡은 일의 일부였기에 자연스러운 업무 이동일 수 있지만, 문제는 다시 맡고 싶지 않은 업무라는 것이다.

2년 전쯤 프로젝트가 생기면서 전담 팀으로 업무가 넘어갈 때 내심 후련했다. 구체적인 프로젝트가 생기기 전, 3년 가까이 조직문화 업무를 담당했을 때가 있었다. 회사가 엄청난 변곡점의 시기를 겪고 있어 조직문화 정립과 전파가 필요했고, 그 답 없는 일에 내 육신과 영혼을 갈아 넣었다고 해도 과언이 아니었다. 뼈 때리는 각성과 아무 말 대잔치가 난무하던 당시, CEO 주관 회의에 참석한 적이 있다. 아, 이제 정말 힘들어서 못 하겠다, 내가 죽겠는데 사장이고 뭐고 없다는 심정으로 외쳤다. "사장님, 저 이제 밤에 잠도 안 와요." 회의 석상의 모든 부장님, 팀장님들의 쟤가 돌았나? 하는 표정 사이로 유일하게 딱 한 사람, 사장님만이 감동한 표정으로 이렇게 말했다.

"나도 그래요.
나도 회사만 생각하면 밤에 잠이 안 와요."

환장할 노릇이었다. 나는 그런 공감을 바란 것이 아니었다. 다 그만두고 싶은 자포자기의 심정으로 말한 것이었는데, 사장님은 나 같은(회사 걱정에 밤잠을 못 이루는) 직원이 있다니 기특해 죽겠다는 얼굴로, 너무 스트레스받지 말라는 위로와 격려까지 해주었다. 그 무렵의 나는 정말 그랬다. 내 회사도 아닌데 내 회사인 줄 알고 일했고, 사장이 아닌데 사장인 것처럼 고민했다. 내가 생각했던 조직문화 업무는 정신과 신념에 관한 일이어서 진심 없이 일하는 것이 불가능했다. 중간이 없는 일이었고 워라밸 같은 균형을 찾기도 어려웠다. 돌이켜 보면 가장 일에 몰입했던 시기였는데, 혹독하게 힘들었지만 지나고 보니 성취와 보람이 없었던 것은 아니었다.

가장 힘들었던 것은 '성과가 눈에 보이지 않는 일'을 하는 답답함이었다. 좋아질 것이라는, 나아질 것이라는 낙관과 희망을 가지고 추진해도 당장 변화가 느껴지지 않는 데서 오는 답답함, 가끔은 안 해도 될 일을 하는 게 아닐까 싶은 답답함, 다들 중요한 일 한다며 고생한다며 말은 하지만 정작 내가 무슨 일을 하는지는 잘 모르는 것 같은 답답함, 이 일은 그저 묵묵히 하는 거라는 마음과 아, 나도 티 나는 일 좀 하고 싶은 마음 사이에서 방황하는 답답함.

구글이니 아마존이니 봐봐, 기업문화가 제일 중요하다고 말하면서도 막상 비용 절감이니 비상 경영이니 하면 제일 먼저 티 안 나는 조직문화 예산 삭감 이야기가 나오는 것도 은근 자존심이 상했다. 사실 이게 담당자가 자존심이 상할 일인가? 일은 일일 뿐인데. 어쩌면 나는 그 시절 내 일에 정말 애착을 가졌는지도 모르겠다. 아직 깎이지도 않은 예산에 자존심이 상할 만큼.

사실상 손을 놓은 지 2년이나 지났는데 다시 조직문화 업무를 맡으라니. 애증의 감정이 있긴 했지만 자신도 없고 하고 싶지도 않았다. 물론 이 연차에 모르는 것은 아니었다. 회사에서 하고 싶은 일만 할 수는 없다는 것을. 당장 급한 대로 아직 마무리되지 않은 마지막 프로그램을 덜컥 맡게 되었다. 이미 비용이 지급되었으니 반드시 진행되어야 하는, 프로젝트에 남겨진 마지막 업무였다. 회사 임원분들을 대상으로 하는 리더십 프로그램이었는데, 때마침 인사 발령으로 대상자도 일부 변경되어 신임 임원분들에게 일일이 프로그램을 설명하러 다녀야했다.

마지막으로 우리 회사에 처음 온 신임 임원인 상무님을 찾아가 여느 때처럼 프로그램의 취지, 방법, 사전 과제, 워크숍 일정 등을 설명하는데, 갑자기 상무님이 나에게 물었다.

"조직문화 업무⋯ 힘들죠?"

상무님과는 오다가다 가끔 안면이 있는 정도인 데다가, 상무님 커리어의 백그라운드는 조직문화와 전혀 관련이 없었다. 갑작스러운 질문이 당황스러우면서도 울컥하는 기분이었다. 갑자기 마음에 불이 확 들어오는 것 같은 느낌.

"네. 힘들어요."

"그럴 거예요. 가랑비에 옷 젖는 일이니까요. 해도 안 해도 티 안 나는 일, 성과가 나는지도 모르겠고 알아주는 사람도 없는 외로운 일. 그렇지만, 누군가는 신념을 가지고 해야 할 가장 중요한 일이죠."

갑자기 눈물이 쏟아질 것만 같았다. 상무님 방에서 눈물을 흘릴 순 없었기에, 하려던 말을 횡설수설 마치고 황급히 나왔다. 앞으로 잘해보자는 상무님의 마지막 말에 조금 부끄러운 감정마저 들었다. 나에게 지금 그런 '신념'이 남았는지 의문이 들었다. 어쩌면 나는 두려운 게 아닐까. '일'이라는 것에서 한 발 떨어져 테두리에 살짝 발을 걸친 채 일하면 확실히 육체적, 정신적 피로도가 낮아지긴 했다. 그런데 딱히 재미는 없었다. '뭐 재미는 일이 아니라 다른 데서 찾으면 되지'라고 생각하던 때였다. 다시 신념이 없으면 할 수 없는 일이 주어지고 보니, 오랜 직장 생활 짬밥의 힘을 느낀다. 회사에서 하고 싶은 일만 하고 하기 싫은 일은 안 할 재간은 없지만, 이제 하기 싫은 일을 어떻게 할지는 스스로 선택할 수 있다. 영혼 없이 할 것인가, 신념을 가지고 할 것인가. 이 괴로운 선택지 앞에 서 있다.

약간의 뒷조사(?)를 통해 뒤늦게 안 사실인데, 나에게 다시금 신념을 고민하게 한 그 신임 상무님은 조직문화 관련 업무 담당은 아니지만, 대형 프로젝트를 맡을 때마다 항상 변화관리나 조직문화 쪽을 담당해 왔다고 한다. 30년을 해도 여전히 어려운 일인 것이다.

'이렇게 생겨먹은 나'를
받아들이는 일

회사가 괜찮다는 생각이 들었던 건 의외로 모든 걸 내려놓은 순간 이후부터였다. 이렇게 말하면 거창하게 들릴지 모르겠지만, 내가 회사에서 이러지도 저러지도 못하고 있다는 자각이 들었을 때 문득 이런 생각이 들었다.

이렇게 살면 안 되나?

안락한 연못 속에서 그다지 우아하진 않지만 부지런히 유영하며 살아도 되지 않을까. 다들 그렇게 사는 게 아닐까하고 생각했다. 하지만 나는 자꾸만 연못 밖으로 아가미를 내밀어 보려고 발버둥 치고, 나에게 어떤 숨겨진 재능이 있는 게 아닐까 싶어 각종 원데이 클래스를 섭렵하고, 녹록지 않은 직장 생활과 함께 끊임없이 일을 벌일 궁리를 하다 플리마켓까지 개최했다. 그런 과정에서 깨달음을 얻고 의미를 발견하였으니 헛된 시간은 아니었지만, 그래도 주변의 지속 가능해 보이는 직장 생활을 단단하게 안정적으로, 큰 고민 없이 하는 친구들을 보면 진심으로 부러웠다(물론 속속들이 알 수는 없지만).

내가 뭐라고. 이렇게 고민하고 괴로워하는 것 자체가 교만 아닐까? 교만이라는 날카로운 단어로 스스로 상처를 내다 보면 결국에는 '난 왜 이렇게 생겨먹었나' 하는 자기부정에 다다르곤 했다. 이렇게 생겨먹은 내가 '이런 나도 괜찮아'라는 생각으로 마음이 바뀌기까지 꽤 오랜 시간이 걸렸다.

이런 나를 받아들이는 과정에서 『행복의 기원』이라는 책을 만났다. 저자는 행복은 처음부터 추구하는 대상도, 최종 목표도 아니라고 했다. 행복은 생존하기 위해 필요한 정서적 도구일 뿐이며, 행복하기 위해 사는 것이 아니라 생존하기 위해 필요한 상황에서 행복을 느껴야만 하는 것이라고 한다. 따라서 인간은 행복을 추구하며 살아가는 것이 아니라, 살기 위해서 행복을 느끼도록 설계되어 있다는 것이라고.

이 책을 만난 것이 막 벚꽃이 피기 시작한 올해 초봄

이었다. 조금씩 천천히, 비로소 나는 이렇게 고민하고 괴로워하는 것이 행복해지고 싶어서도, 교만해서도, 행복을 추구해서도 아니고, 그냥 살아 있는 한 사람이니까 당연한 거야, 라는 자기 긍정에 다다를 수 있었다. 그러고 나니 한동안 마음이 참 편했다. 여전히 마음 한구석에는 좀 더 단순하고 둔감하게 살고 싶은 마음이 하루에도 몇 번씩 일어 오른다. 그냥 편하게, 조금 덜 생각하고, 조금 덜 고민하며 살면 좋으련만. 그러다 보면 또다시 나는 왜 이렇게 생겨먹었나 하고 생각이 흐르다가 이제는 재빨리 그 생각은 그만두기로 한다.

벚꽃이 피고 지는 것처럼. 올해 초봄에도 어김없이 그랬던 것처럼, 여름과 가을을 지나 겨울이 오고, 또 봄이 오듯이. 자연의 섭리처럼 그렇게 나는 '이렇게 생겨먹은 나'를 받아들이기로 했다.

회사가 좋았다가

그냥 편하게, 조금 덜 생각하고,
조금 덜 고민하며 살면 좋으련만.
그러다 보면 또다시 나는 왜 이렇게 생겨먹었나
하고 생각이 흐르다가 이제는
재빨리 그 생각은 그만두기로 한다.

각종 원데이 클래스
도장 깨기 후 깨달은 것

직장인이 사표를 던질 수 있는 때는 언제일까? 기준은 사람마다 다르겠지만, 대부분 무엇이든 안정적인 기반을 마련한 상태에서 더는 직장 업무와 병행이 불가능해지는 시점이 바로 사표를 던질 때라고 말한다. 그전까지 사표는 내 마음속에서만 쓰라는 것.

나 역시 사실은 자신이 없었다. 더 정확하게 말하면 '무엇'을 해야 하는 데 자신이 없는 건지도 잘 모르겠다. 나름 회사에서 주도적으로, 소모되지 않고 최대한 지속 가능한 방법으로 일해왔다고 생각했는데, 막상 회사 밖에서 무엇을 할 수 있을까를 생각하니 손에 잡히는 것이 없었다. 어느새 회사라는 시스템에 최적화된 셈이다. 이렇게 최적화된 상태로 회사를 계속 다닐 수는 없는 노릇이었다. 그럴 수는 없었다.

그래서 일단 해보기로 했다. 질문의 대답을 찾기 위해, 일단 회사 밖에서 무엇이든 실행해 보기로 했다. 격변의 시기에 회사를 다니며 깨달은 1순위의 진리는 '일단 해봐야 안다'는 것이었다. 망설이고 머뭇거리기엔 세상은 너무 빨리 변하고, 사람의 취향이라는 것도 보고 듣고 경험하며 살아온 깊이 안에서 결정되기 때문에 움직이기 전에는 모르는 것들이 너무 많았다. 일단 해보는 것이 고민만 하다 아무것도 못 하는 것보다 나은, 삶을 풍부하게 해주는 길이었다.

직장인 딴짓 1순위인 각종 클래스 수강이 시작이었다. 플라워, 캘리그래피, 요리, 부동산, 창업, 글쓰기, 독립출판, 와인 등 종류를 불문하고 배워보았고, 책을 기반으로 한 독서 모임 활동을 지속하다 사내 독서 동호회(사실 회사에 좀 더 정을 붙여보고 싶은 마음도 더해서)까지 하게 됐다. 가장 최근에는 창업한 친구와 함께 한 달 정도 꽤 진지한 프로젝트를 추진해 보았다.

이렇게 해보는 과정에서 얻은 가장 소중하고 중요한 깨달음은, 내가 억지로 애쓰지 않아도 스스로 끊임없이 동기부여를 하며 즐겁게 할 수 있는 일의 카테고리가 무엇인지를 발견한 일이다. 사실 이 카테고리조차 몰랐기

싫었다가

때문에 나는 연못 밖으로 입을 뻐끔 내밀고 바깥 공기를 마셔볼 용기조차 내지 못했는지도 모른다. 가장 먼저 한 것이 각종 취미와 배움 클래스 섭렵하기였던 것도 어딘가에 다른 길이, 새로운 동기부여의 가능성이 있지 않을까 해서였다. 나와 같은 직장인이 많은 걸까? 아니면 주 52시간 근무제 시행으로 저녁이 있는 삶, 워라밸이 난리인 영향일까? 무엇이든 배우려고 들면 모든 게 가능한 세상이었다. 클래스 정보를 얻는 일도 어렵지 않았고, 원데이 클래스 운영이 보편화되어 있어, 그야말로 '일단 해보기'에 최적화된 세상이었다.

가장 먼저 시작한 건 '플라워 클래스'였다.

인스타그램에서 오랫동안 보기만 했던 빈티지 스타일의 플라워 클래스 선생님에게 수업을 받을 수 있는지 DM을 보냈다. 취미 생활 겸, 나도 모르는 숨겨진 재능이 있지 않을까? 하는 마음으로 시도해 본 것이었다. 결론은 재능 없음으로 일단락되었다. 우선 나는 일종의 공간 감각이 높지 않은 사람이란 걸 알게 되었다(아직 운전면허가 없는데, 이런 식이라면 운전도 분명 못할 것 같다는 것 또한 함께 깨달음).

플라워 어레인지먼트의 핵심은 다양한 모양과 높이,

색상, 볼륨의 꽃들을 적절한 공간감 안으로 배치하는 일이었다. 나는 감도 없을뿐더러 꽃을 다루는 것도 어설폈다. 나름 4주 과정을 수강했는데 2주 차에 이 사실을 깨달았다. 처음 배우는 건데 좀 시간이 걸릴 수도 있지 하고 더 꾸준히 할 수도 있었겠지만, 그만둔 가장 큰 이유는 꽃이 시드는 모습을 보는 것이 싫었기 때문이다. 본질은 그 점이었다. 만개의 시간이 너무 짧았다. 절정의 아름다움을 보더라도 이내 시드는 것이 상상됐다. 다만 한 가지 깨달은 것은 4주 간, 만든 꽃을 매번 누군가에게 선물하는 것은 꽤 행복한 일이라는 것이었다. 그렇게 꽃은 시들어도 아쉽지 않은 만큼만, 가끔 선물하고 받는 것에 만족하기로 했다.

다음은 '글쓰기'와 '책 쓰기' 수업이었다.

글쓰기와 책 쓰기는 내가 유일하게 꾸준히, 오랜 시간 온전한 기쁨과 의미를 발견하며 해온 일이라는 점에서 망설임 없이 시작했다. 글쓰기의 범주는 넓고도 다양하기에 클래스도 매우 다양했다. 가장 기억에 남는 수업은 전직 에디터가 진행한 '에세이 쓰기' 수업이었다. 매주 동일한 주제로 에세이를 쓰고 에디터의 첨삭 후 수강생들과 이야기를 나누었는데, 작가의 관점이 아닌 에디터의 관점에서 내 글을 첨삭해 주는 것이 큰 도움이 되었다.

무엇보다 '문우'를 만난 느낌이랄까? 에세이를 쓰고 싶어 모인 사람들과 나누는 대화가 즐거웠고, 내 글에 대해 기탄없는 의견을 듣는 것이 좋았다. 언제나 칭찬만 듣는 것은 아니었지만, 그래도 자신감이 생겼던 것은 글을 통해 나의 생각이 온전히, 어쩌면 더 풍부하게 전달된다는 것을 느꼈기 때문이었다. 그런 가능성을 느낄 때 오는 쾌감은 세상 무엇과도 바꿀 수 없는 행복이었다. 소소한 칭찬에 벌써 베스트셀러 작가가 된 것 같은 성취감을 느끼기도 했다.

책 쓰기 수업은 각기 다른 클래스로 두 번 정도 수강했는데, 글쓰기와는 전혀 다른 관점이었다. 글을 쓰는 것과 그 글을 책으로 내는 것은 전혀 다른 문제였다. 출간이라는 것은 비즈니스 관점의 기획이 좀 더 중요했다. 출판사도 비영리 회사가 아니니 당연한 일이지만. 그런데 좋은 기획과 마케팅이 뒷받침된다고 꼭 베스트셀러가 되는 것은 아니었고, 처음부터 노리고 출간하지 않았는데 베스트셀러가 된 경우도 많았다. 성공 사례 분석은 대부분 결과론이라 작가조차 왜 잘 팔렸는지, 왜 안 팔리는지 모르는 경우가 많았다. 어려운 세계였다.

가장 기억에 남는 것은 '캘리그래피' 수업이었다.

부모님이 서예로 만나 결혼하였는데 그래서인지 붓글씨와 결을 같이 하는 캘리그래피에 자연스레 관심이 갔다. 정적인 취미에는 흥미가 없다고 생각했는데, 예상 외로 조용히 글씨를 쓰는 시간이 좋았다. 내 안에 엄마 아빠의 붓글씨 유전자가 흐르나 싶을 정도였다. 글쓰기와 그리기의 중간쯤. 연필도 볼펜도 아닌 붓 펜이 종이에 닿아 둥글리는 느낌이 좋았다. 게다가 캘리그래피는 은근히 쓸모가 많은 일이었다. 지인의 가게 메뉴판에 글씨를 쓰거나, 친구 과제에 도움을 주거나, 블로그 포스팅에 업로드할 사진을 꾸미기도 했다. 여러모로 쓸모 있는 배 움이었다.

직장인에게 원데이 클래스란 '이 길이 아닌가 봐' 또는 '닥치고 회사나 다니자'를 깨닫는 과정이라 했던가. 막연한 마음으로 도장 깨기처럼 시작한 각종 원데이 클래스 섭렵을 통해 나는 아이러니하게도 '당장 회사를 그만둘 수 없다'는 사실을 깨달았다. 취미나 재미를 업으로 삼는다는 것이 얼마나 어려운지를 알게 되었다. 그럼에도 내가 깨달은 또 하나의 중요한 사실은 세상에 월급 쟁이가 아니더라도 돈 벌 방법이 있다는 것이었다. 월급쟁이에게 월급이 나오지 않는 삶은 미지의 두려움이지만, 막상 한 걸음만 나와서 보면 월급쟁이가 아닌 상태로도 노동과 생산을 하는 수많은 사람이 있었다. 꽃이 좋아 가게를 하다 플라워 공방을 차린 사람, 9년간 출판사 편집자로 남의 책을 만들다 퇴사 후 자신의 책을 쓰고 강의를 하는 사람, 인테리어 디자이너로 일하다 퇴사 후 캘리그래피 강사이자 빈티지 소품 셀러로 일하는 사람. 한 번에 한 가지 직업을 가져야 한다는 법도 없다. 무조건 '프리'해서 프리랜서가 아니다. 모두가 각자의 리듬 안에서 각자의 균형감을 유지하며 일하고, 살아간다.

평범한 직장인의
플리마켓 개최기

당장 회사를 그만둘 순 없지만, 또 회사 밖에서 돈 벌 방법이 아예 없는 것은 아니라는, 절망도 낙담도 아닌 어중간한 깨달음으로 잠시 현타의 시간을 갖던 중 친구가 말했다. 아니, 제안했다. "나랑 플리마켓 한번 열어볼래?"

제안을 받은 곳은 홍대였다. 우리는 그날 합정 근처 북 카페에서 강연을 듣고 꿔바로우가 먹고 싶어 홍대 쪽으로 걸어왔다. 그런데 그 꿔바로우집이 최근에 문을 닫았다는 것을 알고 다시 홍대 거리를 헤매다 주차장 길 안쪽 피맥집에 들어와 막 피자가 나온 순간이었다. 친구의 제안은 분명 플리마켓에 '가보자'가 아니라 플리마켓을 '열어보자', 즉 개최해 보자는 의미였다. 나는 정말로 1초의 망설임도 없이 대답했다. "그래, 해보자!"

친구는 최근에 슬라임 카페를 오픈했다. 초등학생들에게 액체 괴물로 인기인 슬라임을 직접 만들 수 있는 공간이었다. 오픈 2개월 차, 카페도 홍보하면서 평소 둘 다 관심 있었던 플리마켓을 야심 차게 개최하기로 했다. 플랫폼을 만드는 거야! 인스타그램의 유명 슬라임 셀러를 모집해 보자! 블로그 마케팅을 활용해 볼까? 잘되면 키즈 카페에 제안해 보는 건 어때? 하며 마음속으로는 벌써 플리마켓 성공기를 쓰고 있었음을 고백한다.

친구는 이미 카페라는 공간을 가지고 있었고 슬라임과 관련된 인프라를 유통할 수 있었다. 그래서 플리마켓 운영에 필요한 제반 사항 준비를 친구가 담당하고 나는 회사에서의 홍보 마케팅 경험을 바탕으로 플리마켓에 참여할 셀러 모집, 마켓 홍보와 이벤트를 담당하기로 했다. 피맥을 앞에 두고 우리는 신이 나서 계획을 세웠다. 막차 시간이 다 되어 자리에서 일어날 때쯤 친구는 나에게 이 제안을 하기 위해 어떻게 말을 꺼내야 할지 엄청나게 고민했다고 말했다. 이것도 일종의 동업이라 본다면, 친한 친구와 동업하면 안 된다는 흔한 말도 분명 신경이 쓰였을 것이다. 나는 어디서 나오는 자신감이었는지, 무슨 고민을 한 거냐며, 우리는 잘할 수 있을 거라고 말했다. 막연한 생각이 아니라 진지하게 이유까지 들어 설명했다.

회사가 좋았다가

누가 설득해 달라고 한 것도 아닌데. 그 이유는 다음과
같다.

❶ 우리는 각자 서로 다른 강점이 있고 그 강점은 상
호 보완적인 것이라 좋은 파트너가 될 수 있다.

❷ 각자의 일을 하면서 플리마켓을 덤으로 하는 것이
니 리스크가 적은 편이다. 망한다 하더라도 약간의
투자 비용만 감당하면 되니 좋은 경험이 될 수 있다.

❸ 플리마켓이 성공하면 너는 카페 홍보가 되어 좋고,
나는 회사 밖에서 내가 할 수 있는 무언가를 도모해
볼 수 있으니 그것만으로도 좋은 기회다.

❹ 요즘 대세는 플랫폼 비즈니스다. 이번 시도로 평소
둘 다 관심 있던 오프라인 플랫폼 비즈니스 사업을
작게나마 실험해 볼 수 있다.

❺ 얼마 전 같이 타로점을 보러 갔을 때 슬라임 카페
를 오픈하는 너에게 동업자가 없느냐고, 좋은 파트너
가 있을 거라고 하지 않았나! 그땐 둘 다 "누구지?" 하
며 고개를 갸우뚱했는데, 세상에 등잔 밑이 어둡다더
니, 그게 나였어!

그게 나였다는 확신과 함께 박수 치며 우리는 피맥집

을 나왔다. 늦가을 바람이 청량하고 시원했다. 다음 미팅 날짜를 정하며 헤어진 후에도 우리는 카톡을 주고받으며 플리마켓 개최의 꿈에 부풀어 있었다. 행복 회로가 무한대로 확장 중이었다. 실패의 여신은 우리를 피해 갈 것이 분명했다. 그 순간 우리는 하고 싶은 일을 벌이는 그 자체만으로 행복했다. 그것은 내가 지금 행복하다는 것을 계속 느끼게 해주는, 너무도 선명한 행복이었다.

플리마켓을 열기로 결심하고 정한 D-Day까지 두 달 정도의 시간이 남았다. 우리는 매주 두 번씩 각자의 퇴근 위치 중간 지점인 여의도에서 만나 기획 회의를 했다. 나는 퇴근 후 여의도로 갔으니 하루에 두 번 출근하는 셈이었다. 친구 역시 카페 문을 닫자마자 여의도로 달려왔다. 회의를 시작하는 시간이 밤 9시, 막차 시간이 다 되어서야 늘 아쉽고 황급히 회의를 마무리하는 극한 스케줄이었지만, 그 시절 친구와 나눈 카톡방 대화 속에 가장 많이 등장하는 말은 "너무 재밌어"였다. 우리는 재밌다는 말을 쉴 새 없이 할 만큼 정말 재밌었다. 그 재미에 빠져 야근 불사, 주말도 없이 아이디어 회의를 했다.

마켓의 주 타깃과 판매 정책을 어떻게 가져갈지, 마켓 진행 시 카페의 테이블 배치는 어떻게 할지, 셀러 모집은 어떻게 할지, 이 모든 것이 확정되면 홍보 마케팅은 어

떤 방식으로 할지 등 끝도 없는 회의와 고민과 의사결정
과 다시 회의로 돌아오는 과정. 분명 회사에서 수없이 반
복했던 일인데 이상한 일이었다.

대체 왜 재미있을까?
단지 회사 밖에서 일어나는 일이라서?
딴짓하는 재미에 불과한 걸까?

본격적인 플리마켓 참가 셀러 모집을 시작한 다음 날
이었다. 나는 상무님 방에서 업무 보고를 하는 중이었다.
이런저런 피드백을 받던 중 회의 테이블 위에 올려둔 내
스마트폰 화면이 '카톡' 하고 반짝였다. "안녕하세요? 플
리마켓에 참가하고 싶어서 연락드립니다." 소리를 지를
뻔한 걸 가까스로 참았다. 드디어 왔다. 슬라임 셀러의
첫 번째 참가 신청!
실은 내심 불안했다. 우리가 플리마켓을 열면 참가를
희망하는 셀러가 알아서 몰려올 것이라는, 지금 생각해
보면 엄청난 기대감에 부풀어 올랐다. 200명이 넘는 슬
라임 셀러에게 오픈카톡, 인스타그램 DM 등 다양한 방
법으로 플리마켓 참가 제의를 보냈지만 단 한 명도 확정
하지 못한 채 24시간이 지났다. 고작 하루가 지났을 뿐인

데 너무 초조했다. 우리가 기획하고 준비한 일이니 누구를 탓할 수도 없었다. 플랜 B를 준비해야 하는 게 아닐까 싶은 불안함이 폭발하기 직전, 첫 번째 참가 신청이 왔다. 그 후로는 꽤 빠른 속도로 우리가 목표로 한 셀러 모집 인원이 마감되었다. 한 명 한 명 참가자를 확정할 때마다, 플리마켓과 관련된 경험도 경력도 없는 우리를 믿고 참여 의사를 밝혀준 셀러들이 정말 눈물 나게 고마웠다. 시작도 하기 전에 좋은 파트너를 만난 기분이었다.

셀러 모집을 완료하고 본격적인 플리마켓 홍보를 시작했다. 블로그나 SNS와 같은 온라인 홍보는 물론, 현수막을 직접 붙이고, 마켓 쿠폰을 일일이 손으로 만들고 자르는 가내수공업은 기본, 태어나서 처음으로 번화가에서 직접 전단지를 돌렸다(전단지 홍보가 아직도 유효할 줄이야!).

만약 이게 회사 업무였다면, 유동 인구가 많은 번화가에서 생전 처음 보는 사람에게 전단지를 돌리는 일까지 '내 일'이라는 마음으로 자진해서 할 수 있었을까. 한 사람에게라도 더 전단지를 건네려고 이리저리 뛰어다닐 수 있었을까. 회사 임원분들이 왜 그토록 직원들에게는 잘 와닿지 않는 주인 의식이나 열정을 강조하는지 이제야 알 것 같았다. 허상이 아니었다. 이토록 뭘 하든 재미있는 이유는, '내 일을 하는 기쁨'이었다. 실패도 성공도 온전히 내 것이라는 마음. 온전히 내가 주인이라면 주인 의식을 갖자고 강조할 필요도, 슬로건을 만들고 캠페인을 할 필요도 없다. 대신 내가 멈추면 말 그대로 올스톱, 아무것도 굴러가지 않는다. 반대로 내가 하는 만큼의 보상과 보람도 온전히 내 것이 된다.

왜 내 사업을 하는 것을 '행복한 감옥살이'에 비유하는지 알 것 같았다. 직장인이 회사의 노예라면, 내 사업을 하는 것은 내가 지은, 내 마음에 드는 감옥에 스스로 걸어 들어가는 일인 셈이다. 그런데 비교할 수 없는 행복이 있다. 플리마켓 한 번 개최한 경험으로 내 사업을 했다고 보기도 어렵고, 정말 전업을 할 결심이 서려면 얼마나 많은 리스크와 고려 사항이 발생할지 상상이 가지 않는 것은 아니다. 내 사업의 '맛'만 어렴풋이 본 것에 불과할지 모른다. 그래도 시도하지 않았다면 영원히 알 수 없었을 맛이었다. 해봐야 아는 그 맛을 본 것만으로 엄청난 경험이자 성공이라 생각했다. 하지만 객관적으로 비즈니스 측면에서 플리마켓이 성공한 것은 아니었다. 역시나 세상에 쉬운 일은 없다.

돈을 버는 것은
좋은 일이었다

플리마켓에 방문한 손님들도, 참여한 셀러들도 모두 정리를 마치고 떠난 늦은 저녁, 친구와 나는 텅 빈 카페에 마주 앉아 오늘의 매출을 계산하기 시작했다. 결과는 흑자도 적자도 아닌 애매한 숫자 0. 전체 수익 금액과 마켓을 준비하며 우리가 투자한 비용이 거의 비슷했다. 결국 두 달 가까이 마켓을 준비하며 투자한 우리의 인건비는 1원도 벌지 못한 셈이니 재무적으로는 완벽한 실패였다.

완벽한 실패를 확인하고 우리는 마주 보며 웃었다(쿨한 분위기 아님. 약간은 허탈했음). 처음부터 '일단 해보자'는 마음으로 시작했고, 해보는 과정에서 많은 것을 깨닫고 배웠다. 사업에 실패하면 비싼 수업료를 낸 셈 치라고 한다던데 수업료까지는 내지 않았으니 이만하면 성공인지도 모른다. 웃음이 났던 이유는 홍대 피맥집에서 플리마켓을 해보자 결심하며, 돈 많이 벌면 내년에 같이 발리에 가자며, 딱 여행 경비만큼만 벌었으면 좋겠다며, 지금 생각하면 귀여운(?) 행복감에 젖어 있던 우리가 떠올라서였다. 회식비도 벌진 못했지만 우리는 뒤풀이 회식을 하러 근처 양꼬치집으로 갔다. 숯불 위에서 빙글빙글 돌아가며 익어가는 양꼬치를 바라보며 우리는 이 실패가 헛되지 않도록, 스타트업 업계에서 많이 한다는 'Lesson-Learn' 시간을 가졌다. 실패한 이유는 많았다.

처음 마켓을 개최하다 보니 어쩔 수 없었던 가격 정책의 오류, 잘못된 타깃 예측, 마켓 내에서의 역할과 책임 분담(직장인 용어로 'R&R, Role & Responsibility') 문제 등. 만족스러운 판매량에 다다른 셀러들에 비해 개최자의 매출 달성에는 완벽히 실패했다. 그나마 다행인 것은 홍보에는 성공하여 카페 오픈 이래 가장 많은 손님을 모았다는 것과 우리를 믿고 마켓에 참여한 셀러들이 손해를 보지 않았다는 것. 스타트업 공동 대표 모드로 꽤 진지한 회고의 시간을 가진 우리는 사업을 하는 사람들이 초기에 하는 대표적인 실수 3종 세트를 범했음(?)을 깨달았다. 가격 정책이니, 마케팅 타깃이니, 조직의 R&R이니, 회사에서 지겹도록 듣던 말이었지만 야생의 실전은 달랐다.

비범한 실패가 아닌 '평범한 실패'를 했다는 깨달음에 다다랐을 무렵, 갑자기 스마트폰 화면에 마켓을 준비하며 설정해 두었던 인스타그램 알림이 떴다. 오늘 플리마켓에 참가했던 한 셀러의 남동생인 듯했다. 앳된 얼굴이 이제 막 스무 살 정도밖에 되어 보이지 않았다. 이리저리 뛰어다니며 누나를 도와주고, 슬라임을 구매하는 손님들에게 안내 설명서를 나누어주었는데 무려 한 장 한 장 자필로 쓴 귀여운 설명서였다. 손글씨로 쓴 설명서와 일주일 동안 만든 슬라임을 들고 누나와 함께 마켓에 참여하려고 서울도 아닌 지방에서 이곳까지 올라왔다고 했다. 그 모습을 보며 우리도 어렵고 힘들게 플리마켓을 준비했는데, 그 플리마켓에 참여하고자 이렇게 정성을 들여 준비했다는 게 고마웠다. 처음 느껴보는 성질의 고마움이었다.

인스타그램에 그가 올린 짤막한 글은, 플리마켓에 참여하러 가는 길 이른 새벽 기차 안에서 찍은 사진과 함께, "누나를 따라서 슬라임 마켓에 참여했는데 힘들었지만 그래도 뿌듯한 하루였다. 다른 분들이 만든 슬라임도 너무 예뻤다"라는 참으로 평범한 참가 후기였다. 그 평범함이 감동적이었다. 이 역시 뭔가 처음 느껴보는 성질의 감동이었다. 어쩌면 내 사업을 한다는 것의 보람은 이런 것인지도 모르겠다. 모든 책임이 나에게 있는 만큼 모든 실패와 성취도 나의 몫이 된다. 그런데 그 과정에서 예상치 못한 일이 생긴다. 누군가에게 뿌듯한 하루를 선사하는 것처럼, 나뿐만 아니라 남에게도 좋은 일이 될 수 있다는 것. 일자리 창출 같은 거창한 표현을 쓰지 않더라도, 누군가에게 기회를 제공하고, 참여와 연결을 만들고, 생산과 소비가 일어나게 한다는 것.

이어서 인스타그램에 누나와 함께 오늘 플리마켓에서 번 총 매출 현금을 책상 위에 올려 놓고 뿌듯하게 찍은 사진이 올라왔다. 현금을 자랑하듯 펼쳐 놓고 찍은 사진이 조금도 속물 같지 않았다. 돈을 버는 것은 좋은 일이라는 생각이 들었다. 누군가에게 돈을 벌 수 있게 해주는 것은 더 좋은 일이었다.

평범한 직장인의 플리마켓 개최기는 평범한 실패로 끝이 났다. 해보길 잘했다. 직장 생활도 어찌 보면 '돈을 버는 일'의 일환이지만 회사에서는 절실하게 알지 못했던 다른 세상이 있었다. 하지 않았다면 결코 알 수도, 깨달을 수도 없었을 회사라는 연못 밖 세상의 문이 아주 조금 열렸다. 아쉽고 아까운 그 문틈으로 물고기처럼 아가미를 힘껏 내밀고 크게 숨을 쉬어보았다. 다음번에는 유영하는 돌고래처럼, 수면 위로 뛰어올라 볼 수 있도록.

싫었다가

직장인 사이드 프로젝트의
순기능

투잡을 넘어 'n잡러'라는 말이 유행하고, 직장인의 딴 짓을 우아한 말로 '사이드 프로젝트'라 한다. 사이드 프로젝트의 일환으로 각종 원데이 클래스 도장 깨기를 하고, 플리마켓 개최에도 도전했지만, 나에게 있어 사이드 프로젝트의 끝판왕은 바로 글쓰기다.

글쓰기를 시작하기 전과 후 무엇이 달라졌냐고 묻는다면, 아무것도 달라진 게 없다는 말도 맞고 모든 것이 달라졌다는 말도 맞다. 아무것도 달라진 게 없다는 것은 여전히 입사 10주년 이후의 다른 삶에 대해서는 정해진 것이 없고, 여전히 고민과 성찰과 불안으로부터 한 걸음도 떨어지지 못했다는 것이다. 모든 것이 달라졌다는 것은 구독자가 늘어나기 시작하며 나는 이 사람들을 위한 '책임감 있는 글쓰기'를 시작했다는 것이다. 이런 책임감은 베스트셀러 작가만 가질 자격인 줄 알았다. 이 책임감이 얼마나 무겁냐고 물어본다면 나에게 이런 일화가 있다.

'브런치'에 글쓰기를 시작하기 전, 임시 보관함 같은 공간인 '작가의 서랍'에 다섯 편의 글을 써두었다. 이 글들은 일종의 총알이었다. 이 다섯 편을 수없이 고치고 고쳐 한 편씩 발행하면서 또 새 글을 써나갔다. 새로 쓰는 속도가 써둔 글을 오픈하는 속도를 따라가기엔 턱없이 부족했다. 어느덧 다섯 알의 총알이 다 떨어져 갈 때쯤, 세 번째로 쓴 글이 메인에 걸리면서 순식간에 조회 수 1만 뷰에 도달하고 구독자가 100명을 돌파했다. 누가 보겠어, 하며 시작한 글쓰기였는데 나에겐 정말 믿어지지 않는 일이었다. 허허 거참 소박한 친구고만, 누가 보면 구독자가 100만 명인 줄 알겠어, 라고 할 수도 있겠지만 나는 할 수만 있다면 100명의 구독자 한 사람 한 사람 손을 잡고 읽어주어서 정말 고맙다고 인사하고 싶은 심정이었다. 진심으로.

저장해 둔 총알 중 마지막 다섯 번째 글을 발행하고 며칠 후 나는 오래전 예정된 유럽 여행을 앞두고 있었다. 열흘 정도는 글을 쓰지 못하겠다는 생각이 스치는 순간, 나는 짐 싸던 캐리어를 밀어두고 노트북 앞에 앉았다. 여행을 떠나기 전날 밤 11시였다. 서랍 속에 넣어둔 여섯 번째 글을 꺼내어 마저 쓰고 고치고 또 고치고, 한숨도 못 자고 동틀 무렵 글을 마무리했다. 그리고 내 글을 기다리고 있을(기다리지 않을 수도 있는) 100명의 구독자를 향해 발행 버튼을 눌렀다. 그 순간의 감정이 아직도 잊히지 않는다.

아무도 그러라고 한 사람이 없다. 늦어지면 안 된다고, 무조건 글을 다 쓰고 비행기를 타라고 아무도 독촉하지 않았다. 그럼에도 밤을 새워 썼다. 나도 내가 이럴 줄 몰랐다. 글을 쓰기 시작한 것은 나 혼자가 아닌 누군가가 읽어주기를 바라는 글, 다른 사람에게도 의미가 있고 도움이 되는 글을 쓰기로 결심했기 때문이다(이 결심 후 어느 글쓰기 수업에서 이것이 '일기'와 '에세이'의 결정적 차이임을 알게 되었다).

이 결심과 100명의 구독자가 만든 시너지는 나에게 무거운 책임감 그 자체였다. 그 무게가 나를, 게으르고 의지가 약하고 의심이 많은 나를 끊임없이 노트북 앞에 앉게 했다. 출퇴근길 지하철에서, 스마트폰을 하다가, 책을 읽다가, 영화를 보다가, 친구와 대화하다가, 나도 모르게 글감을 찾고 그게 무엇이 됐든 어떻게든 '잘 써먹을 궁리'를 하게 했다.

오늘만 해도 일요일 아침이건만 회사 일로 영혼까지

탈탈 털리는 경험을 했는데, 사건(?)이 간신히 종결된 오후 무렵 진이 다 빠져버렸지만, 이 사건을 언젠가 글로 써야겠다는 생각이 들자 갑자기 마음에 평화가 찾아왔다. 이렇게 털린 게 억울해서라도 오늘 일을 잊지 않고 멋진 글을 써보리! 그야말로 나는 어서 다음 글을 내놓으라며 팔짱을 끼고 노려보는 나의 망상 속 구독자들의 존재와 그 무거운 책임감에 중독되어 버린 것이다.

믿기지 않겠지만 나를 짓누르는 이 책임감 때문에 너무나도 행복하다. 동트는 새벽, 발행 버튼을 누르는 순간의 환희와 쾌감이 아직도 생생하다. 정말 오랜만에 느끼는 온전한 행복이었다. 뜻대로 되지 않는 사람의 인생에서 내 뜻대로 완결된 무언가를 세상에 내놓을 수 있다는 것. 세상에 내놓는 순간 더는 나만의 것이 아니고 타인의 마음에 가닿을 수 있다는 것. 글을 쓰며 기대한 것들, 그리고 기대도 못 한 일들이 일어날 수도 있을 것이라는 기대. 그런 기대가 가능한 상태로 살 수 있다는 행복. 글을 쓰는 지금도 예상치 못한 상황이 발생했다.

길을 가다 불현듯, 마치 수상 소감 같은 이 마음을 쓰고 싶어, 황급히 찾은 PC방에 들어왔다. 하필 LoL 전문 PC방이라 나 빼고 전부 LoL 게임을 하는 이곳에서 홀로 고독하게 글을 쓰고 있다. 이제 글을 마무리할 것이며,

곧 '발행' 버튼을 누를 것이다.

좋아하는 일을 직업으로 삼지 말라는 말처럼, 이 행복이 나에게는 글쓰기가 본업이 아닌 사이드 프로젝트이기 때문에 오는 것인지도 모른다. 덕업일치의 시대라지만, 글쓰기가 '업'이 되는 일이야말로 꿈같은 일인지도. 그래도 일단 쓰고 있다. 마음껏, 딴짓이 주는 온전한 행복 속에서.

뜻대로 되지 않는 사람의 인생에서
내 뜻대로 완결된 무언가를 세상에 내놓을 수
있다는 것. 세상에 내놓는 순간
더는 나만의 것이 아니고 타인의 마음에
가닿을 수 있다는 것. 글을 쓰며 기대한 것들,
그리고 기대도 못 한 일들이 일어날 수도
있을 것이라는 기대.

애증의 도시,
1인 가구 생존기

전세 계약 만료일이 6개월 남았을 무렵 정든 전셋집을 2년 만에 떠나야 한다는 것을 알았다. 통보받았다는 표현이 더 정확하다. 조건에 맞는 집을 찾기 위한 지옥 같은 두 달 반을 보내고 드디어 어제 이사할 집을 계약했다. 정말 내 인생에서 다시는 겪고 싶지 않은 시간이다. 온 우주가 힘을 모아 내 집 구하는 일을 방해하는 기분이 들었다가, 또 온 우주(엄마보다 더 자주 통화했던 부동산 사장님이 최소 10명)가 힘을 모아 집 구하는 일을 도와주고 있다는 생각이 들었다. 그야말로 감정 기복이 롤러코스터를 탔던, 다시는 겪고 싶지 않은 시간이었다. 이래서 다들 집을 사는 거였다. 이 분노, 좌절, 후회의 감정은 좀처럼 사그라들 줄 몰랐다.

얼마 전 들었던 가장 끔찍한 이야기가, 주택 청약 당첨을 위한 가점 때문에 아이를 입양했다가 당첨 후 파양한다는, 이런 끔찍한 일을 주선해 주는 브로커도 있다는 믿어지지 않는 이야기였다. 집 구하느라 지옥을 경험하고 나니 절대 일어나서는 안 될 일이지만, 더한 일도 일어나지 않을까 섬뜩해졌다. 의식주 중 근본은 '주'가 분명했다.

스무 살, 처음 서울에서 독립하고 지금 사는 집으로 이사하기까지 줄곧 대학 근처에서 살았던 터라 서울에서 집 구하고 이사하는 일이 이렇게 어려운 일인지 몰랐다.

정확히 말하면 집 구하기가 아니라 '서울에서 출퇴근하는 직장인 1인 가구가 전셋집을 구하는 일'이 어렵다. 출퇴근 때문에 서울 내에서도 선택지가 많지 않아 가급적 지금 사는 집 근처, 되도록 건물 내 이사를 하는 것이 나의 목표였다. 지금 사는 건물에서 전셋집을 기다리길 한 달. 도저히 안 되겠다는 생각에 ⇨ 지금 사는 동네 ⇨ 동네에서 지하철 한 정거장 거리 ⇨ 지하철 두 정거장 거리 ⇨ … ⇨ 조금씩 구간이 확대되어 결국 간신히 서울 끝자락에 붙은 어느 신시가지 오피스텔촌까지 도달했을 때, 이러다 정말 길거리에 나앉겠다는 생각이 들 즈음 주위에서 말리기 시작했다. 왜 꼭 서울에서 살려고 하느냐고, 그 전세금이면 여기서 아파트에 들어갈 수 있다고 말이다.

주위에서 말하는 '여기'란 다양한 서울 근교 쾌적한 신도시들이었다. 그 쾌적한 신도시에 정착한 친구, 회사 동기, 선후배들 집에 놀러 가면 새 아파트가 주는 특유의 모태 집순이가 될 수 있을 것만 같은 안정감에 잠시 마음이 흔들리긴 했다. 내가 서울에서 무슨 부귀영화를 누리겠다고 서울에서 못 살아 안달인가 싶어 서글픈 마음도 들었다. 그러다 광역버스를 타고 집으로 돌아오는 길, 한강을 지나며 아름다운 서울의 야경을 맞닥뜨리면 이내 마음이 한없이 누그러졌다. 이쯤 되면 병인 듯하지만, 누가 뭐래도 나는 서울이 좋다. 어느 소설에서 이런 구절을 읽은 적이 있다. 서울을 떠나고 싶은데 그럴 수가 없다고. 도시가 반짝반짝 빛나서 자꾸만 기대하게 한다고. 꿈을 꾸게 한다고.

반짝반짝 빛나는 나의 (애증의) 도시, 서울.

회사가 좋았다가

여자 둘이
살 뻔(?)했습니다

서울을 떠날 수 없다는 것을 깨달았으니, 이제 서울에서 살 집을 구해야 했다. 서울이라는 대도시에서 1인가구가 선택 가능한 주거 형태는 매우 제한적이다. 이 제한적이라는 사실 또한 다른 주거 형태를 꿈꿔보고 나서야 알게 되었다. 다른 주거 형태라 함은 그 흔하디흔한 아파트였다. 원룸이나 오피스텔이 아닌 '집 같은 집' 아파트에서 살아보고 싶다고 결심하고, 지금 사는 동네의 아파트 시세를 알아보고 일단 기겁부터 했다. 간신히 88 올림픽을 넘겨 1990년 언저리에 지어진 30년 가까이 된 아파트 전셋값이 4억부터 시작이었다. 조금만 역에서 가깝거나, 조금만 최근(한 20년 전)에 지었거나, 조금만 리모델링을 했거나, 어디서 슬쩍 들어본 브랜드 아파트이기

싫었다가

만 해도 시작가가 5억으로 바뀌었다. '먹고 죽을래도 없는' 5억이라는 말은 이럴 때 쓰는 걸까.

대략적인 시세 파악 후 서울에서 1인 가구가 아파트에 사는 다음 방법으로 생각해 낸 묘안이 바로 동거인을 구하는 일이었다. 나에게는 이사를 고민하는 대학 동기 친구가 있었다. 때마침 김하나, 황선우 작가의 『여자 둘이 살고 있습니다』를 읽고 깊은 감흥과 영감을 얻은 때이기도 했다. 우리는 대학 시절 같이 살아본 경험도 있었고, 이사를 고민하는 이유도 비슷했다. 각자가 '집'이라는 곳에 바라는 것과 원하는 생활 동선도 거의 일치해서 더 고민할 이유가 없었다. 우리는 바로 같이 살 집 구하기에 돌입했다. 그런데 1인 가구에서 2인 가구가 되어도 5억이 없는 것은 변함이 없었다. 그래도 1인 가구에서 2인 가구가 되니 대출을 받지 않고 어찌어찌 보증금을 마련해 볼 희망이 보였기 때문에 친구와 나는 전세에서 반전세로 전환하는 또 하나의 묘안을 떠올렸다. 보증금을 나누어 내니 대출을 받지 않아도 되고, 세상 아까운 월세도 반반 나누어 낼 생각을 하니 그럭저럭 괜찮았다. 1인 가구였을 때는 반전세라니 상상도 할 수 없는 일이었다. 아파트도 전세보다 월세를 선호하는 요즘, 전세를 반전세로 전환하니 선택지가 기하급수적으로 늘어났다. 우리는 그날부터 매 주말, 공휴일마다 아파트를 보러 다녔다. 폭염이 지속되던 한여름 즈음이었다.

폭염 속에서 만난 아파트들은 오래되고 비쌌다(물론 새 아파트들은 우리 예산으론 만나주지도 않았다). 함께 아파트를 알아보기 시작한 지 한 달쯤 되었을 때 드디어 처음으로 마음에 드는 아파트를 발견했다. 딱 마음에 든다기보다는(우리 예산에 그런 아파트는 세상에 없을 가능성이 높다) 무언가 걸리는 점이 하나도 없는 아파트랄까. 이것만도 얼마나 기적적인 일인지 절감할 만큼 우리는 폭염과 길거리에 나앉을지 모른다는 불안감에 지쳐 있었다. 같이 살 집을 알아보기 시작하면서, 아이러니하게도 같이 살 집을 구할 수 있을 것이라는 확신과 가능성이 희미해져 갔다. 가뭄에 콩 나듯 나오는 전셋집 매물 가운데 모든 조건이 맞으면서 둘 다 마음에 들고 공간 활용까지 공평하고도 합리적인 집을 찾을 수 있을까? 어느 순간부터는 희망은 커녕 언젠간 집을 살 테니 공부하는 셈 치자며 부동산 투어하는 마음으로 집을 보러 다니는 지경에 이르렀는데, 갑자기 하늘에서 뚝 떨어진 것처럼 만난 기적 같은 '마음에 드는 집'이었다.

'치명적인 단점 없음'이라는 최고의 장점이 있는 아파트를 매물로 보여준 부동산 사장님은 내일 오후도 두 팀이 집을 보러 오기로 했으니 이 집으로 결정하려면 내일 오전까지 천천히 고민해 보고 연락을 달라고 했다. 쇼핑몰 장바구니 속 카디건도 아니고 전셋집인데 '내일 오전까지 천천히'라니. 보기 드문 최고의 매물답게 우리에게 천천히 고민할 시간은 24시간도 채 허락되지 않았다. 마음에 드는 전셋집 앞에서 고민은 사치였다.

우리는 부동산을 나와 카페에 마주 앉았다. 아이스 아메리카노를 한 잔씩 원샷하고 냉정하게 지금 우리의 상황을 되짚어 보았다. 보기 드문 최고의 전셋집을 발견했지만 바로 계약금을 계좌 이체할 결심이 서지 않는 이 상황을 말이다. 우리는 같이 살 집을 알아보면서도 막상 같이 사는 일에 대해서는 진지한 고민이 부족했던 것이다. 같이 사는 일에 대한 고민과 나름의 시뮬레이션을 해보지 않았던 것은 아니었다.

친구와 나에게 가장 중요한 것은 같이 살 수 있는 기간이었다. 2인 가구가 되다 보니 신혼부부가 아님에도 신혼부부가 살 만한 집을 많이 추천받았다. 신혼부부라면 처음부터 우리 이혼할지도 모르니까 2년만 살아보자, 하고 기간을 정하진 않겠지만 우리에겐 중요한 문제였다. 특히나 2년 만에 전셋집을 다시 구하게 되니 2년이 얼마나 빠르게 지나가는지(돌아서면 2년), 그리고 전셋집을 구하는 일이 얼마나 지옥 같은지를 지금 여기서 함께 느끼고 있기 때문이었다. 신혼부부는 아니지만 우리에게도 보장된 시간이 필요했다.

그런데 이 보장된 시간을 산정하는 것이 도무지 불가능해 보였다. 일단 우리의 미래가 얼마나 불확실하냐 하면, 친구는 박사 학위를 받고 대학에서 강사로 일하는 중이었고, 기회만 있으면 전임 교수 임용 공고에 지원서를 내고 있었다. 첫 부임에 인서울 대학교수가 되는 것은 어려운 일이어서 주로 수도권이나 지방의 대학으로, 가리지 않고 지원서를 내는 중이었다. 여기서 나는 질문을 던져보았다. 만약 친구가 1년 안에 지방 어느 대학으로 전임 교수 임용이 된다면?

그것은 정말 온 마음으로 축하해 줄 일이다. 진심이다. 하지만 동시에 바로 같이 사는 일을 끝내야 한다는 것, 다시 각자 2인 가구가 아닌 1인 가구가 살 집을 알아봐야 한다는 것을 의미하기도 했다. 이사를 하자마자 일어날 수도 있는 일이었다. 이 지점에서 이번엔 친구가 이런 질문을 던졌다. 만약 네가 1년 안에 결혼한다면?

결혼? 누구? 나? 갑자기 무슨 1년 안에 결혼이냐는 나의 반응에 친구는 만나고 3개월 안에 결혼하는 커플도 많이 봤다고 말했다. 흔히 있을 것 같지 않은데 그렇다고

싫었다가

아예 없지도 않은 일이기에 나는 동공이 심하게 흔들렸다. 친구 역시 그런 일이 일어난다면 온 마음으로 축하해줄 것이라고 했다. 축하 선물로 양문형 냉장고라도 사줄 기세였다. 사실 집을 알아보러 다니며 가장 많이 들은 말이 "두 분 자매예요?"였다. "아니요, 친구예요"라고 하면, 가족(자매)도 아니고, 곧 가족이 될 관계(신혼부부)도 아닌 우리에게 바로 이어지는 질문은(특히 명절 때 만난 친척 어른 캐릭터의 부동산 사장님의 경우) "어머, 둘이 같이 살다 누구 한 명 시집가면 어쩌려고?"였다.

어쩌긴요? 아… 어쩌지.

우리는 보장되지 않은 시간에 대한 상상이 갑작스러웠다. 이 모든 것이 절대 일어나지 않을 일이라고 단정지을 수 없음이 당황스러웠다. '만에 하나'라는 말은 이럴 때 쓰는 것인가. 전임 교수냐 결혼이냐, 그 만의 하나의 가능성이 누가 더 높은지에 대해 옥신각신 농담을 주고받던 우리는 문득 마주 보며 허탈하게 웃었다. 뼈 때리는 농담 사이로 우리는 같이 깨닫는 중이었다. 김하나, 황선우 작가처럼 2인 가구를 꿈꾸었으나, 어쩌면 지금은 때가 아니라는 것. 카페를 나서기 전 마지막으로, "야 우리 이러다 2년 뒤에 아무 일도 일어나지 않으면 그때 진짜 웃길 거 같지 않냐?" 하며 마무리 농담을 했다. 여자 둘이 살 뻔(?)했지만, 전셋집을 구하는 일 만큼이나 '생활 동반자'를 구하는 일 또한 어려움을 절감하며, 그렇게 다시 나는 서울에서 전셋집을 구하는 1인 가구 직장인으로 돌아갔다.

내 인생엔 없을 줄 알았던
미니멀리즘

출근길 지하철을 타고 두 정거장쯤 지났을 때, 갑자기 등골이 서늘해지는 것을 느꼈다. 약 30분 전 집에서의 상황이 마법처럼 머릿속을 스쳐 지나갔다. 나는 오늘 오랜만에 꺼내 입은 옷을 다리기 위해 몇 달 만에 스팀다리미를 켰다. 분명 옷을 다린 기억은 있는데 다리미를 내려놓고 플러그를 뽑은 기억이 없다. 원래 전원 버튼이 없고 플러그를 꽂으면 바로 열이 가해지는 핸디형 스팀다리미다. 결국 플러그를 뽑은 기억이 없다면 스팀다리미는 여전히 가열 중이라는 얘기다. 등골이 서늘해진 이유였다. 지하철은 계속해서 스팀다리미가 가열되고 있을지 모르는 집으로부터 멀어지고 있다. 다음 역 문이 열렸을 때 잠시 내릴까 고민했지만 이성을 차리고 냉정하게 생각해

　　　　　　　회사가 좋았다가

보기로 했다. 인간이란 위대한 존재다. 아무리 술에 취해도 본능적으로 집에 잘 찾아가는 것처럼, 무의식중에도 해야 할 일을 하는 것이 인간이다. 분명 나는 플러그를 뽑았을 것이지만, 너무 오랜만에 사용한 탓에, 월요일인 탓에 혼이 나간 것이리라.

애써 마음을 진정시키고 스마트폰으로 검색을 시작했다. 스팀다리미 플러그 켠 상태, 스팀다리미 전원 켜놓고 나왔을 때 등. 만족할 만한 답이 나오지 않자 조금 꺼림칙하긴 했지만 '스팀다리미 발열 화재'와 같이 질문을 바꿔서 검색했다. 나 같은 어떤 사람의 다급한 질문에 달아 놓은 어느 지식인의 답변. "보통 스팀다리미의 경우 오랜 시간 전원을 켜놓으면 자동으로 꺼졌다 켜졌다를 반복합니다. 하지만 두세 시간 이상 이 상태로 두는 것은 위험할 수 있으니 빨리 귀가하셔야겠네요."

이것은 바로 나에게 하는 말. 일단 출근을 했다. 후배에게 이 사실을 알리자 본인의 비슷한 경험을 이야기해주며, 아마도 플러그를 뽑았을 거라고 나를 안심시켰다. 하지만 혹시 모르니 반차를 내고 집에 가는 것이 어떻겠냐고 조언했다. 이것은 진심이었다. 반차를 내기엔 오늘 할 일이 잔뜩 쌓여 있었다. 결국 나는 점심시간에 왕복한 시간 반은 족히 걸리는 집에 다녀오기로 했다. 폭염

경보로 재난 문자를 받은 올여름 가장 더운 날이었다.

휴가철 점심시간 지하철은 한산하기 그지없었다. 이 시간 지하철을 탄 사람들은 다들 어디로 가는 걸까. 이 열차 안에 나처럼 스팀다리미 같은 전열 기구를 켜놓고 출근한 걸 깨닫고 집에 가는 중인 사람이 한두 명쯤은 더 있지 않을까. 괴로운 망상은 더 괴로운 망상을 불러왔다. 지하철에서 내려 계단을 뛰어 올라간다. 출구를 나서자 마자 하늘을 바라본다. 출구에서 우리 집 건물을 바로 올려다볼 수 있기 때문이다. 대략 우리 집으로 예상되는 층에서 연기가 피어오르고 있는 망상. 곧 들려오는 119 사이렌. 내 집도 아닌 전셋집에서 스팀다리미 발열 화재라니. 내 인생은 어찌 되는 것인가.

다행히 연기가 피어오르지도, 119 사이렌 소리가 들리지도 않았다. 주말이 아닌 평일 이 시간에 걸어 다닐 일이 거의 없어서인지 점심시간에 도착한 우리 집 주변 풍경은 생경했다. 집 근처에 회사가 이렇게 많았나? 한산할 줄 알았던 거리는 목에 사원증을 매고 점심을 먹으러 나온 직장인들로 가득했다. 아, 이게 중요한 게 아니지. 일단 집까지 뛰었다. 계속 하늘을 올려다보며. 경비 아저씨가 이 시간에 웬일이냐는 표정이었지만 묵례를 하고 엘리베이터에 뛰어올랐다. 1, 2, 3⋯ 올라가는 층수. 그래, 경비 아저씨도 저렇게 평온한 걸 보면 별일 없을 거야. 도어 록 비밀번호를 누르고 문을 열었다.

정말이었다. 스팀다리미의 플러그는 콘센트에 꽂힌 채였다. 무의식중에 뽑았을 거라는 무의식의 위대함에 대한 신뢰가 산산이 부서지는 순간이었다. 신발을 벗어 던지고 뛰어 들어가 플러그를 뽑았다. 스팀다리미를 잡았다가 소리를 지를 뻔했다. 화상을 안 입은 게 다행이었다. 폭발할 뻔했다고, 왜 이제 왔느냐고 원망하는 듯한 뜨거움이었다. 스팀다리미를 진정시키려 그대로 내려놓고 멍하니 우리 집을 둘러보았다. 솔직히 고백하자면 지하철을 타고 집으로 오며 한 열여섯 번쯤 이 집이 불타는 상상을 했다. 잿더미가 될 뻔했던 집이라 생각하니 집 안의 모든 사물이 새로운 의미로 다가왔다. 정말 잿더미가 되어버렸다면 살리지 못해 평생 후회할 아쉬운 물건이 무엇인지. 그러니까 내 인생에서 없어서는 안 될 물건, 정말 살리지 못해 아쉽고 원통한 그 무엇은 무엇인지 생각했다. 의외로 희한한 것은 딱히 떠오르는 것이 없었다. 현금 같은 금융자산은 은행에 있고, 사람이 아닌 사물 가운데 평생을 두고 후회할 만한 그 무엇이 우리 집에 있나? 그때 섬광처럼 스치고 지나간 딱 하나가 있었다.

방탄소년단 사인 CD.

아, 이건 정말 울었을 것 같다. 지난해 어떻게 받은 사인 CD인데(사연이 길다). 언젠가(기약은 없지만) 결혼을 한다면 내 패물함에 1번으로 들어갈 물건 아니 보물이다. 방탄소년단의 필체가, 방탄소년단이 써준 내 이름이, 그 소중한 사인 CD가 재가 되어버렸다면, 이건 정말 평생 후회할 감이다. 물론 가장 큰 이유는 이 물건 자체의 소중함도 있지만 다시 받을 기약이 없다는 것, 어쩌면 평생 불가능한 일일지 모르기 때문이다. 어쨌든 내 소중한 사인 CD는 불타지 않았다. 멍하니 집 안을 둘러보는데 곳곳을 둘러싼 사물들이 다 무슨 소용인가 싶은 생각이 들었다. 책은 버리는 게 아니라며 계속 높아지고 넓어지고 있는 책장. 3, 4년쯤 안 입은 게 분명함에도 올해는 입을 거라며 버리지 못하는 옷. 요리는 기껏해야 일주일에 한 번 할까 말까 하면서 해외여행 갈 때마다 사 모은 그릇. 그 나라 음식에나 어울릴 법한 유니크한 주방용품. 빈티지 덕후라 사 모은 예쁜 쓰레기들(1800년대 이탈리아에서 만든 거울도 있음). 물론 잿더미가 되었다면 엄청 아까웠겠지만 방탄소년단 사인 CD만큼 원통할 일은 아니다. 없어도 그만인 물건들. 순간 내 인생에는 없을 줄 알았던 한 단어가 떠올랐다.

'미니멀리즘'

반나절쯤 비자발적으로 무소유 상태가 되는 망상에
시달린 결과, 반성까지는 아니지만 미니멀리즘이라는 것
에 눈뜨게 되었다. 이날을 계기로 나는 다음과 같은 작은
변화의 행동을 꽤 비장하게 실천에 옮겼다.

❶ 단골 쇼핑몰 장바구니에 넣어둔 아이템, '언젠간
쓰겠지' 하며 쟁여두려 했던 화장 솜, 클렌징폼, 마스
크 팩을 모두 장바구니에서 비웠다. 이미 집에 안 쓴
게 쌓여 있다.

❷ 터질 것 같은 책장 속에서 평생 안 볼 책을 추려내
고 스마트한 중고 서점 앱에 접속했다. 다 팔면 10만
원은 족히 벌 수 있을 것 같다. 이 책이 꼭 필요한 다른
좋은 주인을 찾아가길 바란다.

❸ 옷장 속에서 평생 안 입을 옷을 추려냈다. 책보다
는 조금, 아니 많이 망설이고 갈등했음을 고백한다.
작년에도 올해도 한 번도 안 입은 채 계절을 지난 옷
은 내년에도 안 입을 게 분명하다. 과감히 분류했다.

이 옷들은 '아름다운 가게'에 기증할 생각이다. 물론 결심을 할 때까지 열 번은 들었다 놨다 했다.

나 같은 빈티지 덕후에 쟁여놓기 좋아하는 성격에 미련 많은 사람에게 강렬하게 찾아온 미니멀리즘. 스팀다리미만 생각하면 아직도 등골이 서늘하지만 인간은 모든 것에서 뜻을 찾고 의미를 발견하는 존재이니까. 덕분에 이렇게 만나게 되었다. 내 인생엔 없을 줄 알았던 미니멀리즘, 반갑다. 길게 가보자.

서른 살을 다시 보다

아직도 생생히 기억나는 드라마 〈내 이름은 김삼순〉
을 보았을 무렵 나는 서른 살이라는 나이가 까마득했다.
결혼 중개업체에서 노처녀 취급을 받고(노처녀라니, 이런 단
어를 아무렇지도 않게 쓰던 시절이 있었다니!), 가족들에겐 결혼
도 안 한 문제 많은 딸에, 삼식이 현빈에겐 그냥 아줌마
였다. 서른 살 삼순이만 그런 건 아니다. 드라마 속 현빈
이 프렌치 레스토랑 대표였는데 나이가 겨우 스물일곱이
었다. 실제로 이 드라마의 등장인물 정보를 찾아보면 대
놓고 "예쁘지도 않고 날씬하지도 않으며 젊지도 않은 엽
기 발랄 노처녀 뚱녀"라고 나온다. 드라마 소개에 이런
단어를 대놓고 쓰다니, 2005년은 대체 어떤 사회였던 것
인가.

그럼에도 이 드라마에 푹 빠져 살았던 기억이 여전히 생생한 것은, 요즘은 흔한 연하남과의 가슴 떨리는 사랑이나, 삼순이의 성장 드라마나, 그때나 지금이나 똑같이 멋있는 다니엘 헤니의 대체 불가한 젠틀함이나, 눈물을 뚝뚝 흘리며 현빈에게 뼈 때리는 대사를 날리던 려원의, 사랑이 내 뜻대로 안 되는 사람의 현실 연기 때문이 아니다(물론 이 모든 것들이 좋았지만). 가장 좋았던 것은 그 시절의 '나'다. 당시 서른 살이 정말 오나 싶게 아득했던, 지금 생각하면 한없이 어린 내 나이. 그 시절 백지 같았던 서른 살에 대한 느낌, 그 백지에 무엇이든 그리고 마음껏 상상할 수 있었던 자유, 이 모든 것을 품을 수 있었던 나의 마음 말이다.

그로부터 14년이 지난 2019년, 서른 살의 주인공이 나오는 드라마 〈멜로가 체질〉을 보았다. 드라마는 드라마일 뿐인데 이리도 현실적일 수가. 주인공들은 백수이거나, 백수가 되었거나, 재능은 있는데 좀처럼 인정을 못 받거나, 아이는 있는데 남편은 없는 워킹 맘이거나, 사랑하는 사람을 잃고 자주 혼잣말을 하는 사람이다. 세상은 의외로 뜻대로 되는 일이 잘 없다. '인생사 새옹지마'라지만 나쁜 일 뒤에 좋은 일이 와도 나쁜 일이 없던 일이 되거나 이젠 괜찮은 일이 되지는 않는다. 상처는 언제 어디서든 나를 갉아먹는 좀비처럼 자존감을 끌어 내리고, 순간의 실수도 돌이키거나 회복하는 데는 영원의 시간이 걸릴 듯 막막하다.

〈내 이름은 김삼순〉을 보며 무엇이든 이뤄낼 수 있을 것 같던 서른 살이 지금은 어디 갔나 싶다. 기대했던 서른 살은 당당하고 멋진 어른 정도였던 것 같은데 말이다. 드라마일 줄 알았던 서른 살의 꿈이 현실에 맞닥뜨려 서른 중반의 〈멜로가 체질〉이 되었을 때, 내 나이가 변했구나 실감했다. 주량을 모르고 술을 많이 먹어 숙취로 당당하지 못한 아침이 자주 있었고, 결혼은커녕 연애조차 '사람 마음이 내 맘 같지 않다'는 교훈으로 마무리되곤 했다. 당당하고 멋진 어른보다는 찌질하고 모양 빠지는 기억이 참 많았는데, 이상하게도 그 시간이 후회되지는 않는다. 얼마 전 같이 일하는 후배가 서른 살 생일을 맞이했다. 생일을 축하하며 나도 모르게 "서른 살은 정말 좋은 나이야"라고 말했다. 눈을 동그랗게 뜨고 "진짜요? 왜요?" 하며 묻는 후배의 질문에는 대답을 바로 하지 못했지만.

돌아가도 별다른 선택지가 없을 만큼 서른 살에 그저 열심히 놀고, 열심히 일하고, 열심히 탐구했다. 그 덕에 조금씩 알게 되었다. 나는 어떤 사람인지, 어떤 사람을 좋아하는지, 무엇을 하고 싶은지, 무엇을 할 때 행복한

지. 이 깨달음은 다행히도 속절없이 흘러가는 시간을 덜 아깝게 해주었다. 빠르게 흘러가는 시간이지만 덜 후회하게 해주었고, 후회하고 실패하더라도 빨리 회복할 수 있는 탄력을 주었다.

'회복 탄력성'

이 힘이 나를 조금씩 다른 사람으로 만들어주었다. 망설일 만큼 망설이고, 고민할 만큼 고민하고서야 간신히 한 발을 내밀던 나를, 할까 말까 고민되면 그냥 하는 사람, 좀 더 도전적인 사람으로 만들어주었다. 그로 인해 내 인생은 보다 풍요로워질 수 있었다. 그래서인지 드라마 속 서른 살 주인공들을 보면 무한한 응원을 보내고 싶어진다. 지금 다시 후배가 서른 살이 정말 좋은 나이냐고 묻는다면 '정말 그렇다'고 말해주고 싶다. '아프니까 청춘이다'라든지, '이 또한 지나가리라' 같은 마이 웨이 응원 말고. 지나고 보면 아는 시간이 있으니까. 후회를 덜 하는 가장 좋은 방법은 후회를 많이 해보는 게 아닐까. 후회로부터 회복하는 나만의 탄력성을 배울 수 있게 되니까. 서른 살은 그런 나이니까.

서른 살에 그저 열심히 놀고,
열심히 일하고, 열심히 탐구했다.
그 덕에 조금씩 알게 되었다.
나는 어떤 사람인지, 어떤 사람을 좋아하는지,
무엇을 하고 싶은지, 무엇을 할 때 행복한지.
이 깨달음은 다행히도 속절없이 흘러가는
시간을 덜 아깝게 해주었다.

명상을 시작한
평범하고도 비장한 이유

내가 처음 명상에 관심을 갖게 된 것은 실리콘밸리에서 시작된 '마음 챙김' 명상에 대한 이야기를 접했을 때였다. 몸과 마음의 건강에 관해 관심을 갖기 시작한 시기이기도 했다. 나에게 명상은 종교적인 느낌이나 요가와 같은 수련에 가까운 느낌이었는데, 실리콘밸리라니. 종교인이나 수도자가 아닌 평범한 직장인들 사이에서 시작된 명상이라는 것이 흥미로웠다.

왜 '명상'이었을까.

실리콘밸리에서 명상이 시작된 것은 개발자들 스스로 마음을 다스려야 한다는 필요성과 깨달음 때문이었다고 한다. AI와 같은 고도의 기술은 고도화되면 될수록 진입장벽이 높아져 소수의 연구자가 독점할 수밖에 없고, 스스로 연구 윤리나 건강한 정신을 유지하지 않으면 인간을 돕는 기술이 아니라, 인간을 해치는 기술을 만들어낼 수도 있다. 원자력 발전이 가능한 나라에서 핵무기를 만들어낼 수 있는 것처럼 말이다. 에이, 설마. 그런 영화에서나 나오는 일이? 라고 생각할 수도 있지만, 얼마 전 회사에서 들었던 교육 내용 중에 AI 연구자들이 스스로 만든 윤리 헌장 맨 첫 번째가 'AI는 인간을 공격하지 않는다' 인 것에 조금 섬뜩했던 기억이 있다. AI는 당연히 인간을 공격할 수 없는 것이 아니라, 철저한 윤리 의식을 바탕으로 인간을 공격하지 않도록 만들어져야 하는 것이었다.

스스로 얼마나 위험할 수 있는 연구를 하고 있는지 자각하고 마음과 정신의 건강으로 잠재적 위험을 다스리기 위해, 실리콘밸리의 평범한 개발자들 사이에서 명상이 시작되었다는 것이 감동적이었다. 누군가의 규율이나 규칙에 지배당하지 않고 스스로 옳은 방향으로 나아가기 위해 고민하고 방법을 찾기 위해 노력하는 인간이라는 존재의 존엄성과 자유의지의 존귀함을 느낄 수 있었다. 그 방법의 하나로 선택한 명상이 궁금했고 배우고 싶었다. 나는 이렇게 평범하고도 비장한 이유로 직장인으로서의 마음 챙김 명상에 입문하게 되었다.

명상에 관심을 갖게 된 후로 초심자를 위한 오프라인 모임이나 명상과 관련된 여러 온라인 커뮤니티를 맴돌면서, 이렇게 '맴돌다'라고밖에 표현이 안 될 만큼 명상에 집중하지 못하고 있는 나를 발견했다. 결국 궁극적인 질문과 마주하게 되었다.

나는 왜 명상에 관심을 갖게 되었을까.

그 무렵 참여하고 있던 명상 독서 모임에서 선정한 세 번째 도서가 타라 브랙의 『받아들임』이었다. 세계적인 명상의 대가인 타라 브랙 또한 인정받으려는 욕구, 마음에 들지 않는 자신에 대한 불안정감, 지금과 다른, 더 나은 사람이 되고자 분투하는 자기 불신을 가지고 영적 도정을 밟았다. 마음에 들지 않는 나 자신 때문에 괴로운 사람은 대개 결점을 정화하고 초월하는 이상적인 세계관에 끌리기 때문이라고.

타라 브랙의 이 진솔한 고백은 그동안 명상 자체에 집중하지 못하면서, 그런 나 자신을 연민하거나 탐탁지 않게 여겼던 스스로를 깊이 되돌아보게 했다. 끊임없이 새로운 것을 찾고 매시간 의미를 구하고 즐거움을 추구했던 시간을 스스로 알찬 삶, 성실하고 충실한 삶의 태도라 자부했지만, 사실 나는 내내 두렵고 목말랐다. 옳은 방향으로 제대로 가고 있는지 알 수 없었고, 그런 불완전함 때문에 늘 불안했다.

나는 어쩌면 명상을 하나의 '자기 계발'로 여겼을지 모른다. 명상을 통해 더 나아지고, 더 나은 사람이 되고, 아까운 내 시간을 더 의미 있게 빈틈없이 채우고 싶은 마음. 내 마음에 들지 않는 나를 받아들이기보다는 극복하고 초월하고 싶은 욕구. 이런 자기 불신을 그대로 떠안은 채 명상을 시작했기에 여전히 막막하고 불안했던 게 아닐까. 타라 브랙은 "불완전함은 우리 개인의 문제가 아니며 존재의 자연스러운 부분이다"라고 말한다. 우리는 모두 욕구와 두려움에 사로잡히고, 무의식적으로 행동하며, 병이 들고 약해진다. 이런 불완전함을 편하게 생각할 때, 우리는 더 이상 달라지려고 하거나 잘못된 것을 두려워하는 데 빠져 우리 삶의 순간들을 잃어버리지 않게 될 것이라는 그 말이 나에게 정말 큰 위로가 되었다.

명상에 집중이 잘되지 않아도, 내가 잘하고 있는 건지 의심이 들어도 그런 나를 탓하거나 연민하지 않기로 했다. 있는 그대로 받아들이며 꾸준히 해보기로 했다. 불완전한 나를 있는 그대로 바라보는 시간, 더 나아지려고도 더 채우려고도 하지 않고 있는 그대로 '명확한 이해'를 하는 그런 시간이 되었으면 좋겠다.

회사가 좋았다가

직장인의 자기 돌봄

'싱잉볼Singing Bowl' 소리를 처음 들었던 건 명상과 관련된 인스타그램을 통해서였다. 회사 화장실에서 나도 모르게 실수로 인스타그램 영상 위의 '사운드-온' 버튼을 누르는 바람에 소리가 울려 퍼졌다. 그 순간의 느낌이 아직도 생생하다. 무언가 나를 좋은 곳으로 데려다줄 것만 같은 소리였다. 물론 그 소리를 처음 들은 장소가 회사 화장실이었기 때문에 더욱 그랬을 수 있다. 하지만 소리에 사로잡혔던 그 순간이 잊히지 않음도 분명하다. 한동안 싱잉볼 명상을 해볼 수 있는 여러 프로그램을 찾아보다가, 우연히 지인을 통해 심리 상담 센터의 수녀님이 진행하는 초심자를 위한 프로그램을 알게 되었다.

주일 미사는 나가지 않는 나이롱 신자지만, 수녀님이

진행하는 프로그램이라 더 가보고 싶었다. 낯설고 넓은 공간에서 십여 명 남짓한 사람들과 둘러앉아 싱잉볼을 바라보자 처음 소리를 들었던 기억이 되살아났다. 수녀님은 사람의 신체와 연결된 싱잉볼 소리에 대해 하나하나 설명했다. 그리고 명상을 시작하기 전, 이 시간 동안 특별히 무언가를 하려고 하지 않아도 된다고 말했다. 그저 소리에 집중하며 내 몸의 세포 하나하나가 소리를 있는 그대로 받아들일 수 있도록 하면 된다고. 아무것도 하지 않아도 된다는 말이 좋았다. 그런데 아무것도 하지 않으면 불안해서 시간과 시간 사이를 꽉꽉 채우면서도 불만족 속에서 살았던 나에게, 싱잉볼 명상은 아이러니하게도 이 아무것도 하지 않는 것이 얼마나 어려운 일인지를 깨닫게 해주었다.

편안한 자세로 누워 싱잉볼 소리에 귀를 기울이자, 머릿속에 온갖 생각들이 뒤엉켜 떠올랐다. 출근길에 보았던 아주 사소한 장면, 요즘 회사에서 신경이 쓰이는 사람, 그 사람에게 괜히 했다는 생각이 드는 말, 이미 해버려서, 혹은 미처 하지 못해서 결국은 후회로 점철된 일들, 불가피한 상황을 뻔히 알면서도 팀장님에게 하고 싶은 말을 좀 더 참지 못했던 나에 대한 자괴감, 후배에게 좀 더 포용력 있는 마음이고 싶은데 잘 안되는 심정, 이번 주 마무리해야 하는 크고 작은 일들부터 직장 생활 언제까지 할 수 있을까 같은 커리어에 대한 꽤 오래된 고민까지.

생각을 멈추어도 좋다는 수녀님의 명상 리드에도 생각은 꼬리에 꼬리를 물고 이어졌다. 싱잉볼 소리가 분명 나를 현실의 고민으로부터 벗어나 좋은 곳으로 데려다줄 것만 같았는데, 내가 평소 회사에서 얼마나 많은 걱정과 고민, 불안과 잡념에 시달리고 있는지를 확인하는 시간이었다. 괴로웠다. 괴롭다가 문득 불쌍했다. 나는 현실에서 단 한 발자국도 벗어나지 못했고, 끝내 생각을 멈추지 못했다. 이 연민의 감정에 다다를 때쯤 명상이 끝났다.

명상이 끝난 후 수녀님이 싱잉볼 명상 시간이 각자에게 어땠는지 물어보았다. 나는 명상에 조금도 집중하지 못한 것, 평범한 직장인일 뿐인데, 엄청난 일을 하는 것도 아닌데 이런 짧은 시간조차 출근과 퇴근 사이 일어난 일들에 대한 생각을 멈추지 못하고 그 생각에 사로잡혀 있는 내가 안쓰럽다는 생각이 들었음을 솔직하게 말했다. 수녀님은 그럴 수 있다고, 그러니까 그런 나를 불쌍하게 생각하지 않아도 된다고 했다. 그럴 때는 나를 자책하기보다는, 그런 나 자신을 있는 그대로 바라보면 된다고 말해주었다.

요즘도 회사에서 온갖 답이 없는 고민으로 머리가 아

플 때마다 수녀님의 말이 떠오른다. 그때마다 잠깐 한 발자국 떨어져, 고민하는 나를 바라보는 연습을 한다. 물론 쉽지는 않지만 함부로 나를 연민하지 않기 위해 노력한다. 스스로를 돌보는 따뜻한 자기 연민과 부정적인 감정에 사로잡힌 자기 연민은 분명 다르니까. 그것을 구분하려고 노력한다.

자기 돌봄의 시작은 나를 바라보는 일이었다. 때로는 마음에 드는 나, 때로는 마음에 들지 않는 나를 미움이나 연민의 감정 없이 그저 바라보는 일. 그 시선 속에서 조금씩 그럴 수 있다고, 괜찮다고, 있는 그대로의 나를 받아들이고 긍정하게 된다. 당장 상황이 나아지거나 고민이 사라지는 것은 아니지만, 호흡을 가다듬고 잠시나마 내가 나를 바라보는 연습을 한다. 그 잠깐의 시간 동안 숨 쉴 틈이 생긴다. 깊이 숨을 쉬어본다. 그리고 나에게 말한다. 그대로 바라보면 된다고. 그것으로 충분하다고.

회사가 좋았다가

🖐 초심자를 위한 자기 돌봄 명상 순서 🖐

한 주간의 힘들었던 기억,
계속 생각나는 기억을 떠올려 본다.
그리고 다음과 같은 순서로 나를 돌본다.

① 이것은 고통의 순간이다.
② 모든 사람은 고통을 겪으면서 산다.
③ 내가 나에게 친절하기를.

이 순간 나의 상태를 알아차리고
필요한 것을 스스로 해준다.

3장

퇴사
말고

퇴근
합니다

버티는 직장인의
위엄과 위험

며칠 전, 회사 임원분의 인터뷰 일정을 바꿀 일이 생겼다. 본의 아니게 두 번째 변경이라 불편한 마음이었는데, 전화를 받은 담당 차장님 목소리가 너무 안 좋았다. 지금 병원에 있다고 해서 몸이 안 좋은 줄로만 알았는데, 상상도 못 한 대답을 들었다.

"아, 제가 지금 부친상이라…."

순간 내가 아는 부친상이라는 단어의 의미가 한번에 다가오지 않았다. 부친상이라니. 아버님이 돌아가셨다니. 부모의 죽음이라는 것은 아직 그 황망함이나 슬픔의 깊이가 상상조차 되지 않는 일이라 어떤 위로의 말을 전해야 할지 알 길이 없었다. 그 상황에서 내가 할 수 있는 일이란, 인터뷰 일정 변경은 제가 직접 전화해서 알아서 할 테니 절대로 신경 쓰지 말라고 하며 최대한 빨리 전화를 끊는 것뿐이었다. 그리고 정말로 신경 쓰지 않을 수 있도록 일을 처리하고 다 처리되었음을 알리고, 저도 너무 마음이 아프다고, 고인의 명복을 빌겠다는 위로의 말을 건네는 일뿐이었다. 그런 와중에 내가 잊을 수 없는 것은 그 경황이 없는 상황 속에서도 차장님이 전화를 끊기 전, "인터뷰 일정이 언제로 바뀌었다고 하셨죠?"라며 '일'을 챙기는 순간이었다. 본능적으로, 아니면 습관적으로 나온 말인 것 같기도 했고, 차장님도 모르게 나온 말인 것 같기도 했다. 지금 인터뷰 일정이 문제냐며 도리어 화를 낼 수도 없었다. 사실은 나도 모르게 차장님이 이해가 갔다. 우리는 다 같은 '버티는 직장인'이니까.

버티는 직장인으로서 나는 이제 곧 입사 10주년을 맞이하게 된다. 반듯하게 이름이 새겨진 10주년 기념 만년필이나, '회사를 위해 애써주신 헌신과 노고에 감사드립니다' 같은 감사장을 받는 일은 상상도 해본 적이 없는데, 이제 곧 일어날지도 모르는 일이 되었다. 막연한 목표로 직장 생활을 10년만 하자며 '직장 탈출'을 꿈꾸었는데, 어느새 그 날짜가 다가왔다.

퇴사가 유행인 것처럼, 퇴사를 꿈꾸는 사람이나 이미 퇴사한 사람, 퇴사의 과정 중에 있는 사람들의 이야기는 넘쳐난다. 하지만 그 이야기를 읽을 때마다 나는 아직 퇴사할 준비가 되어 있지 않다는 생각이 들었다. 그 준비가 정확히 무엇인지는 알 수 없지만, 나는 위험을 감수하기 전에 기회비용을 열심히 생각하고, 중요한 결정 앞에서 한없이 신중해지는 사람이었기 때문이다.

그래도 회사 밖 세상이 궁금했다. 일단 나가볼 용기는 없었지만 회사 밖에서 내가 무엇을 할 수 있을지를 찾기 위해 '다른 무엇'을 하나씩 시도해 보았다. 그리고 매일 아침 출근하기 싫은 평범한 직장인이지만 나는 일하기 싫은 사람보다는 일을 잘하고 싶은 사람이라는 걸 깨닫게 되었다. '일하는 나'가 70%든 50%든 나는 영혼 없이 일하고 싶지 않은 사람, 일 안에서 배우고 성장하며 일하는 기쁨과 성취 속에서 잘 해내고 싶은 사람이라는 걸 인정하고 받아들일 수 있게 되었다.

숨 가쁘게 아가미를 내밀며 회사라는 연못 탈출을 꿈꾸는 게 아니라, 연못 속에서도 자유롭게 유영하는 돌고래처럼.

섣불리 퇴사도 못 하면서
자꾸 다른 꿈을 꾸는 나.
언젠가 그만둬야지 결심했지만
여전히 일을 잘 해내는 사람이 되고 싶은 나.
그렇게 희망과 좌절을 오고 가며
여전히 답을 찾는 나.

앞으로도 직장 생활을 언제까지 할 수 있을지, 그만 둔다면 그 이후의 삶은 어떤 모습일지 정해진 것도 없고, 답을 찾지는 못했다. 가끔 한눈도 팔고 집중할 수 있는 무언가를 찾기도 한다. 여전히 회사가 괜찮다가, 그만두고 싶다가 하지만,

섣불리 퇴사도 못 하면서 자꾸 다른 꿈을 꾸는 나.
언젠가 그만둬야지 결심했지만 여전히 일을 잘 해내는 사람이 되고 싶은 나.
그렇게 희망과 좌절을 오가며 여전히 답을 찾는 나.

이런 나라는 사람을 있는 그대로 긍정할 수 있게 되었다. 일요일 밤이면 여지없이 내일 출근할 생각에 마음이 무겁지만, 월요일 더 붐비는 지하철에 피로한 몸을 싣고, 자주 퇴사를 꿈꾸지만, 그래도 묵묵히 성실히 내 몫의 일을 하며 버티는 직장인 모두에게, 그리고 나에게 말해주고 싶다. 버틴다는 것은 위험하지만 위엄 있는 일이라고. 왜 그렇게 버티느냐고 그 누구도 함부로 말할 수 없다. 밥벌이는 하찮지 않다. 내 몫의 일을 해내며 돈을 버는 것은 어렵지만 그 자체만으로도 위엄 있는 일이니, 버티는 지금도 괜찮다고.

회사 언제까지 다닐 수 있을까, 라는 질문을 멈추는 방법

회사 생활 10년만 해야지, 결심한 건 2년 전쯤이었다. 마치 10주년이 되는 날에 맞춰 제출할 사직서를 품에 넣고 출근하는 사람처럼, 글쓰기가 나를 퇴사의 길로 인도해 줄 것처럼, 기한이 정해진 사람처럼 퇴근 후에는 '브런치' 플랫폼에 맹렬히 글을 썼다. 버티는 직장인의 위엄과 위험에 대해서. 주입식 교육과 시키는 업무에 최적화된 대한민국 평범한 직장인인 내가, 아무도 시키지 않은 일을 홀로 맹렬히 하고 나니 별안간 조금 허무했다. 글 하나를 쓰고 또 다음 글을 쓰라고 시키는 사람이 없었고, 이제 좀 쉬자 마음먹었으나 그 마음이 2주를 넘기지 못했다.

막연한 퇴사 결심이 얼마나 추상적인지를 알면서도, 어쩌면 나는 로또 같은 드라마틱한 꿈을 꾸었는지도 모르겠다. 예를 들면 입사 10주년이 되는 날 '입사 10주년, 정말 퇴사합니다' 같은 제목의 글을 쓰는 날이 오는 것. 그러나 입사 10주년을 딱 일주일 앞둔 오늘(심지어 우리 회사는 사직 의사를 통보하고 최소 한 달의 인수인계 기간이 규정인 관계로) 당장 사직서를 내도 다음 주에 딱 맞춰 '정말 퇴사' 하는 그런 드라마틱한 일은 일어나지 않을 것이다.

내가 조금씩 바랐던 것은, 이 '버티는 일'을 조금은 이해할 수 있게 되는 것이었다. 직장 생활이 그저 나를 회사에 갈아 넣는 일이기만 한 것은 아니라는 것, 하루에도 수십 번 기쁨과 슬픔, 괜찮음과 괜찮지 않음, 위엄과 위험을 오고 가지만 이 '오고 감'이 내 삶에 미치는 영향이나 정도나 주기 같은 것은 스스로 결정할 수 있는 주도성을 갖고 싶다는 것. 그리고 이렇게 버티는 직장인에게도 스스로 만들고 지키는 '일상 루틴'이 필요하다는 걸 깨닫게 되었다. 주어진 루틴을 견디는 삶이 아니라, 내가 만든 루틴을 스스로 운영하고 관리하는, 내 인생의 '프로젝트 매니저'가 되는 것이다. 프로젝트 매니저라니, 회사에서 무수히 많은 크고 작은 프로젝트에서 맡았던 내 업무 분장이자 역할이 프로젝트 매니저(줄여서 PM)다. 그런데 정작 내 인생을 제대로 맡아볼 결심을 하지 못했다. PM이라 불리면서도, 일정 관리가 생명인 PM이 회사에 언제까

회사가 좋았다가

직장 생활이 그저 나를 회사에
갈아 넣는 일이기만 한 것은 아니라는 것,
하루에도 수십 번 기쁨과 슬픔,
괜찮음과 괜찮지 않음, 위엄과 위험을 오고 가지만
이 '오고 감'이 내 삶에 미치는 영향이나
정도나 주기 같은 것은 스스로 결정할 수 있는
주도성을 갖고 싶다는 것.

지 다닐 수 있을까, 수년째 막연한 고민으로 고뇌하고 인내해 온 것이다. 사리가 나올지도 모를 일이다. 이제 나를 괴롭혀 온 막막한 고민, '회사 언제까지 다닐 수 있을까'라는 질문은 그만두기로 했다.

내가 정하면 되니까.

프로젝트 매니저의 중요한 역할 중 하나가 '리스크 관리'이니, 내일 그만두는 것이 위험하다면, 프로젝트 기간 연장도 나의 선택이다. 차근차근 준비하고 있다가 내가 원하는 가장 최적의 시점에 그만두면 된다. 답은 나에게 있으니 이제 그만 물어보아도 된다. 막연한 질문 대신 일정표를 하나씩 채워나가며, 잘 버틸 수 있는 나의 중심과 나의 리듬을 찾자. 그리고 건강한 나만의 일상 루틴을 만들어보자.

입사 10주년,
로또는 되지 않았지만

이제 생일도, 크리스마스도, 새해도 보통의 날처럼 여기는 덤덤한 나이가 되었는데, 유독 입사 10주년이 되는 날만은 유난스럽게 많은 상상을 했다. 물론 사직서를 품에 넣고 다니는 사람처럼 회사와 아름다운 이별을 하는 막연한 상상도 수없이 했다. 입사 10주년이 되는 날 꼭 다 같이 모이자며 1년 전부터 동기 모임을 하기로 약속을 해두었는데, 그날이 토요일이었다. 하루 전날인 금요일에는 덤덤히 퇴근을 했고, 왠지 그래야 할 것 같아서 연말 불금에 약속도 잡지 않고 조용히 집에 왔다(괜히 혼자 숙연).

밤 12시 '땡' 하는 순간, 입사 동기 카톡방에 사진 두 장이 올라왔다. 센스 넘치는 동기 중 한 명이 입사 연수에 들어간 날 찍은 사진을 보냈다. 딱 10년 전 우리들의 모습. 차마 어디 공개할 수조차 없는, 지금은 절대 안 입는 검은 정장을 어색하게 차려입고, 파이팅 넘치는 플래카드 아래 활짝 웃고 있는 우리들의 모습은 한없이 어리고 촌스러웠다. 며칠 전 지금 연수 중인 신입 사원들에게 강의할 일이 있었는데, 왜 연수 때 나누어 주는 옷은 변하지도 않을까. 어색한 단체복을 입고 대학생도 직장인도 아닌 어정쩡한 모습으로 앉아 있는 신입 사원들의 모습이 풋풋해 보였다.

입사 10주년 기념 동기 모임 날, 이젠 재직 중인 동기보다 퇴사한 동기가 훨씬 많다. 이직한 회사도 어찌나 다양한지 비슷비슷했던 커리어와 관심사도 이젠 제각각이다. 프로젝트 때문에 주말에도 일하는 동기부터 내일 소개팅을 하기로 한 동기, 아들 셋 중 첫째가 독감에 걸려 집 안에 강제 격리되는 바람에 모임에 못 나온 동기까지. 이렇게 우리는 10년 전 같은 선에서 출발하여 이젠 너무도 다른 각자의 생애 주기를 지나고 있다.

사회 초년생 시절의 추억을 지나 은퇴 후의 삶 걱정까지 한참 이야기꽃을 피우다 헤어져 돌아오는 길에 차분한 감정이 들었다. 동기들이 각자 어느 자리에 있든 종종 소식을 전하고, 어른이 되면 하는 일인 줄 알았던 경조사를 챙기고 기쁜 일이나 마음 아픈 일은 함께하며 행복하게 잘 지냈으면 좋겠다고 생각했다. 서로에게 부끄럽지 않은 좋은 어른으로 늙어 갔으면 한다.

오늘을 기념하며 산 로또 번호를 맞춰보았다. 당연히 낙첨. 집에 들어오자마자 쓰러져 잠들었는데, 회사에서 요즘 고민하는 업무에 관한 꿈을 잔뜩 꾸었다. 악몽인가. 입사 10주년이 되는 날 회사 꿈을 꾸다니 문득 웃음이 났다. 이렇게 나는 퇴사도 하지 못했고, 로또 당첨도 되지 않았지만, 회사 꿈을 잔뜩 꾸고 나서도 피식 웃어넘길 만큼의 멘탈은 장착하게 되었다. 앞으로도 새로운 꿈을 꾸는 일을 포기하지 않을 것이고, 매주 로또도 살 것 이며, 회사에 다니는 동안은 일도 (그럭저럭) 잘 해내는 직장인으로 살 것이다.

직장인 정신 승리법

    '발뮤다'를 만든 CEO 테라오 겐이 국내에서 책을 출간했을 무렵, 한국 독자들과 만나는 북 토크에 다녀왔다. 이날 테라오 겐의 말이나 행동, 질문에 대답하는 태도나 몸짓 같은 사소한 디테일에서 느껴지는 그를 한 단어로 표현하자면 '자유로움'이었다. 아무리 기업의 CEO라지만, 그의 태도는 오너를 넘어 어떤 경지에 이른 록 스타에게서 느껴지는 자유로움 같은 것이었다. 실제로 그는 사업을 시작하기 전 20대의 전부를 음악을 하며 보냈다고 한다.

    독자와의 대화 시간, 적어도 겉으로 보았을 때 그는 스트레스 하나 없이 하고 싶은 일을 마음껏 다 하며 사는 사람의 모습인지라, 유독 그런 내용의 질문이 많았다. 이를테면 한 독자는 하고 싶은 일을 하며 살고 싶은데 '내가 뭘 하고 싶은지를 잘 모르겠다'며 하고 싶은 일을 찾는 방법을 물었다. 테라오 겐은 이렇게 대답했다.

"내가 좋아하는 것, 하고 싶은 일을 찾는 것은 정말 어려운 일입니다. 그럴 땐 내가 싫어하는 게 무엇인지를 생각해 보세요. 하고 싶은 것은 잘 모를 수 있지만, 하기 싫은 것은 확실히 알 수 있습니다. 하기 싫은 걸 안 하다 보면 하고 싶은 것의 아웃라인이 보입니다."

그는 인간이 존엄함을 지키며 살아가기 위해서는 좋아하는 것, 싫어하는 것만은 타협해서는 안 된다고 덧붙였다. "혹시 돈 때문에 그 기준을 팔아버렸다면 다시 사들이세요. 팔 수 있다면 살 수도 있습니다." 하고 싶은 일을 하며 사는 삶을 꿈꾸지만 현실은 '하기 싫은 일을 하는 대가'로 월급을 받는 직장인들에게 테라오 겐과 같은 인물은 동경의 대상일 수도 있다. 하기 싫은 일을 안 하는 것은 곧 퇴사뿐인 상황에서 그의 조언은 실현 가능성이 없어 보이기도 한다.

나 또한 "회사가 잘 맞으시나 봐요? 한 회사를 오래 다니면 지겹지 않으세요?" 같은 질문을 자주 받는다. 그때마다 "잘 맞아요. 재밌어요." 같은 대답은 절대 하지 못하고, 부끄러운 일이라도 하는 사람처럼 머쓱한 얼굴로 "그러게요…" 하고 대답하는 경우가 대부분이다. 나도 사실은 테라오 겐처럼 "하기 싫은 일을 먼저 안 하면 됩니다" 하며 거침없이 하고 싶은 일을 하는 사람의 자유롭고 당당한 표정을 짓고 싶다.

북 토크가 끝나갈 무렵, 본인을 디자이너라 소개한 한 독자가, 발뮤다의 대표 디자인이라 할 수 있는 독특한 항아리 모양의 가습기 디자인은 어떻게 탄생했는지를 물었다. 테라오 겐은 이렇게 대답했다.

"저는 '항아리 모양의 가습기'를 만든 게 아니라,
'가습 기능이 있는 항아리'를 만든 것입니다."

관점을 완전히 뒤집는 말. 결국 그가 만들어낸 결과물은 동일하지만 관점의 전환으로 그는 순식간에 '하기 싫은 일'은 하지 않고, '하고 싶은 일'을 하는 사람이 된 것이 아닐까. 단순히 독특한 디자인의 전자제품이 아니라 뛰어난 예술 작품을 만드는 마음으로 출시한 발뮤다의 가습기는 그 디자인만으로 시장의 뜨거운 호응을 얻었다. 테라오 겐은 영민하게 생각을 바꾸는 것만으로 소형 가전 회사의 CEO가 아니라, 세상 어디에도 없는 기능이 달린 아름다운 항아리를 만드는 회사의 CEO가 된 것이다. 그야말로 정신 승리. 그러고 보니 그가 출간한 책의 제목이 『가자, 어디에도 없었던 방법으로』였다!

월급에 영혼을 팔고 하기 싫은 일을 매일 하는 직장인들에게 정신 승리의 방법은 '시발 비용'이나 '해외여행 결제하기'가 아니라, 그 일 자체를 하고 싶은 일로 만드는 것이다.

나는 요즘 팔아버린 영혼을 다시 사는 마음으로, 회사에서 메일 하나를 쓰더라도 '독자(수많은 팀장님, 부장님, 옆 팀 차장님, 파트너사 대표님, 이사님 등)'의 마음에서 생각하고 쓰고자 노력한다. 그 노력은 뭔가 업무가 아니라 글쓰기 연습 내지는 훈련 같은 생각이 들며 일을 대하는 태도가 확연히 달라지는 것을 느낀다. 하기 싫은 일이 하고 싶은 일이 되는 놀라운 기적이 누구에게나 일어날 수 있음을 체험한다.

진짜 버티느라 고생들 했다

지난 연말 MBC 방송연예대상에서 개그맨 유재석이 '유산슬'이라는 새로운 캐릭터로 신인상을 받았다. 유산슬 캐릭터를 탄생시킨 예능 프로그램 〈놀면 뭐하니?〉를 제대로 본 적은 없었지만, 데뷔 30년 차에 신인상이라니 정말 대단하다는 생각이 들었다. 이번 주말 오랜만에 잉여로운 시간을 보내며 TV를 켰는데 그 방송에서 유산슬로 분장한 유재석이 라멘집을 차리고 새로운 도전을 하는 장면이 나왔다. 일본 드라마 〈심야식당〉 같은 콘셉트인가 하며 보기 시작했다. 장성규, 장도연, 양세찬 등 지난 연말 연예대상에서 상을 받은 예능인들이 조촐한 뒤풀이처럼 유재석이 차린 식당을 방문했다.

개그맨 박나래가 대상을 받았던 2019 MBC 방송연예대상이 여러 연말 시상식 중 가장 감동적이었다. 가요대상이나 연기대상도 있지만 유독 연예대상에서 시상자나 수상자나 지켜보는 동료들이나 많은 눈물을 흘리는 데는 이유가 있을 것이다. 나 역시도 폭풍 눈물을 흘렸는데, 뭐랄까. 남에게 웃음을 주는 일의 어려움, 그 어려움만큼의 숭고함과 위대함, 그런 게 느껴져서일까. 남에게 웃음을 주는 그 어려운 일을 함께하는 동료 후배들과, 지난 연예대상 수상 이야기를 즐겁게 나누던 중 유재석이 이런 말을 했다.

"진짜 버티느라 고생들 했다!"

이 말에 개그맨 장도연이 지었던 표정이 아직도 바로 떠오를 만큼 인상 깊었다. 유재석 같은 선배가 나에게도 저런 말을 해주었다면 분명 그런 표정을 지었을 것 같다.

진짜 그런 생각이 든다고. 우리가 버틴 거라고.

회사에 다니며 '버틴다'는 단어에 대해 수없이 생각했다. 버티는 일의 기쁨과 슬픔에 대해. 하고 싶음과 어쩔 수 없음에 대해. 버티는 일을 긍정하는 데 오랜 시간이 걸렸다. 여전히 그건 어려운 일인데, 선배가 무심한 듯 툭, 진짜 버티느라 고생 많았다고 말해준다면 어땠을까. 분명 조금은 쉬웠을 것 같다. 그 선배가 나보다 먼저 더 오랜 시간 버티고 있고, 데뷔 30년 차에 신인상을 또 받을 만큼 기가 막히게 잘 버티고 있는 사람이라면 더더욱. 우리가 버틴 거잖아! 하며, 그 '우리'가 자랑스러웠을 것이다.

때로는 어떤 위로나 조언보다, 그냥 먼저 그 길을 가고 있는 선배의 뒷모습이 도움이 될 때가 있다. 그 한 명이 있다고 당장 무언가가 이루어지지는 않지만, 그 한 명이 없어서 앞이 안 보이고 두려울 때는 마치 그 뒷모습이 전부인 것처럼 용기와 힘이 된다.

예전 같았으면 방송을 보며 유재석처럼 말해주는 선배가 있었으면 하는 마음만 들었을 텐데, 이제는 나도 유재석처럼 말해주는 선배가 되어야지 하는 마음이 동시에 든다. 나는 그 중간쯤 어딘가에 있다. 아직은 잘 모르겠지만 좀 더 버텨보자. 닮고 싶은 뒷모습이 모여 길이 된다면 그 길을 따라가면 되고, 또 그 길을 따라가다 보면 누군가에겐 한 사람이어도 충분한 단 하나의 뒷모습이 될 수도 있을 테니까.

때로는 어떤 위로나 조언보다,
그냥 먼저 그 길을 가고 있는 선배의 뒷모습이
도움이 될 때가 있다. 그 한 명이 있다고
당장 무언가가 이루어지지는 않지만,
그 한 명이 없어서 앞이 안 보이고 두려울 때는
마치 그 뒷모습이 전부인 것처럼
용기와 힘이 된다.

출산 휴가를 떠나는
남자 팀원에게 보내는 마음

회사 남자 팀원이 곧 둘째 아이 출산을 앞두고 있다. 지난해 10월부터 '남녀고용평등과 일·가정 양립 지원에 관한 법률'에 따라 배우자 출산 시 근로자는 10일의 유급 휴가를 보장받게 되었다. 팀원들과 점심을 먹고 곧 태어날 아이에 대한 이런저런 이야기를 나누던 중 부장님이 갑자기 팀원들에게 물었다.

"그나저나, ○과장이 2주 휴가 가도 괜찮지?"

○과장이 아니라, 나머지 팀원들에게 묻는 말이었다. 그러고 보니 그 자리의 팀원들은 ○과장님을 빼놓고 모두 여직원들이었다. "괜찮고 말고 할 게 어딨어요, 당연히

가야죠!"라고 말하고 나니 ○과장님과 같은 파트에서 일하는 팀 막내의 표정이 살짝 굳었다가 펴지는 걸 목격하고야 말았다. 그냥 넘어가는 법이 없는 부장님은 기어코 "○○씨 지금 뭔가 표정이 안 좋은데?" 하며 농담을 했다.

　나 역시도 순간 표정 관리가 안 되었던 게 아닌가 속으로 놀랐다. ○과장님이 배우자 출산 휴가를 당연히 가야 한다고 생각하는 것은 진심이다. 그러나 그 진심과는 별개로 사실 걱정이 되지 않는 것은 아니었다. 10일이면 2주인데 그간 미룰 수 없는 필수적인 업무들은 나머지 팀원들이 나누어 하게 될 것이다. 더구나 ○과장님이 하던 팀 운영과 관련된 업무들은 비슷한 연차인 내가 하게 될 가능성이 높다. 부장님의 질문에 이런저런 생각이 많아진 이유다. 휴가를 가게 될 과장님과 같이 일하는 후배는 아마 2주간 사수의 공백이 더 큰 부담으로 다가왔을 것이다.

　사무실로 돌아가는 길, 그 후배와 둘이 걸어가며 이런저런 이야기를 하게 되었다. 후배 역시 과장님이 당연히 출산 휴가를 가야 한다고 생각하지만, 하필이면 그 2주가 가장 바쁜 시즌이라는 생각이 문득 들어서 순간 표정 관리가 안되었다고 했다. 분기 말에 전사 워크숍도 예정되어 있고, 아직 업무를 맡은 지 얼마 되지 않아 익숙하지도 않은데 혼자 할 수 있을까 걱정도 된다고. 그렇게 솔직하게 말하며 씁쓸하게 웃는 후배를 보며 나 역시 이해한다는 얼굴로 씁쓸하게 웃었다. 이렇게 마주 보며 씁쓸하게 웃고 나니 얼마 전 일이 생각났다.

그때도 ○과장님과 나머지 여직원 3명이 함께 점심을 먹고 있었다. 과장님은 곧 출산하는 아내 이야기를 하며 둘째가 태어나면 계속 맞벌이를 할 수 있을지 걱정이라고 했다. 아내는 계속 일하고 싶어 하는데 자기는 아내가 복직하지 않았으면 좋겠다고. 그 말에 여직원 3명이 그런 게 어딨냐고 자기 일처럼 격분했었다. 과장님이 누구보다 가정적인 남편이고 해외 출장이 많은 아내 걱정에 한 말임을 알고 있지만, 우리는 순간 대동단결하며 엄마도 자기 일이 있어야 한다며, 과장님이 육아를 더 많이 분담하면 되지 않냐며 바른말 대잔치를 했다. 불과 며칠 전 그래 놓고 막상 "○과장이 2주 휴가 가도 괜찮지?" 하는 부장님의 질문에 "당연하죠!"라고 대답하며 정말 한 번도 망설임이 없었는지 스스로 돌이켜 보게 되었다. 후배와 마주 보고 씁쓸한 미소를 지은 순간을 떠올리니 뭔가 이율배반적인 사람이 된 것 같아 부끄러웠다. 당연히 가야 한다고 생각하는 건 맞는데, 억울하기도 했다. 부끄러운데 억울하고, 억울한데 어딘가 부끄러운, 알 수 없는 감정이었다. 그렇게 알 수 없는 감정을 흘려보내지 못한 채 내내 찝찝했던 나의 마음이 질문을 던지고 있었다.

우리가 걱정이나 불편, 부담을 감수하고 남자 팀원의 출산 휴가를 지지하는 것은 어떤 의미일까. 그 팀원이 당연히 배우자와 육아를 공동 부담하고 참여하는 것에 도움이 될 것이다. 동료들에 대한 신뢰를 기반으로 눈치 보지 않고 10일의 출산 휴가를 떠날 수 있는 것만으로도 모두에게 고마움을 느낄 것이다. 이런 사소하지만 중요한 변화는 팀원의 배우자가 "복직을 할 수 있을까?", "회사를 그만두어야 하나?" 하는 고민 대신 조금은 일을 더 하고 싶다는 쪽으로 마음이 기우는 데 도움이 되었으면 한다. 경력 단절 없이 복직하고 계속해서 커리어를 쌓아 나가며 능력을 발휘하는 데 발판이 되길 바란다. 이렇게 영향을 미치는 일은 보이지 않는 협업과도 같다. 조직에서 늘 그렇듯 협업에는 희생이 따르지만 더 큰 일을 이룰 수 있다. 우리가 마음만 먹는다면.

문득, 고작 10일짜리 배우자 출산 휴가에도 이런데 출산 휴가나 육아 휴직을 가는 여성 직장인들이 마주하는 씁쓸한 미소들은 어떤 것일까, 하는 생각이 들었다. 요즘 같은 시절에 대놓고 뭐라고 하는 사람은 없겠지만, 다들 축하한다며 잘 다녀오라는 인사를 건네겠지만, 부서 업무 조정이나 대체 인력에 대한 고민 같은 현실적인 문제에 부딪혔을 때, 동료의 떨떠름한 혹은 걱정스러운 표정을 얼핏 보게 된다면 많은 여성 직장인들이 자신의 잘못이 아님에도 미안한 마음을 가진 채로 출산 휴가나 육아 휴직에 들어가고 있는 건 아닐까.

출산 휴가를 가는 남자 팀원에게 잘 다녀오라는 인사를 하기 전 거울을 본다. 혹시라도 얼굴에 씁쓸함이 묻지 않았는지 확인한다. 씁쓸함 0, 순도 100의 웃음으로 인사를 건네야지. 이것이 결국 많은 여성 직장인들이 '여성'이라는 이유만으로 씁쓸한 미소를 마주하지 않을 수 있는, 더 나은 세상을 위한 협업이길 빌며.

후배에게
회사 욕을 할 수 없는 이유

요즘 회사에서 후배와 소통의 어려움을 겪고 있다. 소통의 어려움이라고 하기엔 일방적으로 내가 겪고 있는 문제인, 예를 들면 이런 것이다. 오늘 회사에서 겪은 '정말 한심하다'를 넘어 '나는 저러지 말아야지'를 넘어, 저런 사람이 걸러지지 않고 조직의 높은 자리에 올라갔다는 것이 믿어지지 않고 회사에 대한 실망으로까지 이어지는 상황이 있었다. 문제는 이 상황을 같이 일하는 후배와 어디까지 공유할 것인가였다. 친구나 동기였으면 욕이라도 실컷 하며 오늘의 빡침을 털어버렸을 텐데, 막상 업무적인 공유가 필요한 후배에게는 말이 잘 나오지 않았다. 후배 역시 언제라도 이런 일을 겪을 수 있으니 말해주는 편이 낫지만, 어떤 톤으로 어디까지 말해주어야 할지 판단이 어려웠다. 왜 말이 잘 나오지 않는지, 왜 판단이 어려운 지 성찰 아닌 성찰의 시간을 갖다가 깨달은 것은 그 어려 움의 밑바탕에 '부끄러움'이 있다는 것이었다. 나는 오늘 사건을 후배에게 말하는 것이 부끄러웠다.

나 역시 이 부끄러움에 책임이 있다는 생각이 들었기 때문이다.

직장에서 기성세대가 된다는 것은 후배와 실컷 회사 욕을 할 수 있느냐 없느냐로 나뉘는 게 아닐까. 선배든 후배든 누구와도 마음껏 회사 욕을 할 수 있다는 것은 그 비판에 나의 책임이 없거나 아주 가볍다는 뜻이다. 하지 만 회사에 근무한 시간이 길어질수록 회사가 이런 데에 는 나의 책임도 있다는 생각이 든다. 구체적으로 내가 무 엇을 잘못해서 이렇게 되었다, 라기보다 나 역시도 이 조 직의 구성원으로서 조직 내에서 벌어지는 문제의 책임에 서 자유로울 수 없다는 것이다. 실컷 욕을 하기 전에 스 스로 물어보아야 한다.

그렇게 불만인데 그동안 넌 뭐 했어?

회사가 좋았다가

물론 내가 오너가 아니니 내 마음대로 조직을 변화시키거나 개선한다는 것이 쉬운 일은 아니다. 여기까지 생각이 미치기도 전에 대체 '내가 왜?'라는 현타가 오기도 한다. 최근에 후배와 함께 회사에 오래 다닌 다른 부서 팀장님과 술 한잔을 할 일이 있었는데, 술자리가 끝나갈 무렵 술기운에 이런저런 회사에 대한 불만을 토로하는 팀장님이 불편했던 기억이 있다. 어느 때 같았으면 받아치고 웃으며 술안주 정도로 마무리했을 일인데, 계속 옆자리의 후배가 신경이 쓰였다. 정작 후배는 별로 신경도 안 쓰는 눈치였는데 왜 나만 이렇게 마음이 불편했을까? 그 모든 불편함과 신경 쓰임의 근원에도 부끄러움이 있었다. 팀장님의 좌절감이 이해가 가지 않는 것은 아니지만, 나조차도 마음 한구석에서 그렇게 불만이 많으시면서 팀장님은 뭘 하셨나요? 하는 생각이 드는데. 후배 역시 내가 회사 욕을 한다면 그런 생각을 하지 않을까? 그럼 선배님은 뭘 하셨나요?라고 말이다.

이제 회사 욕도 실컷 할 수 없는 연차가 되었다. 좋은 시절 다 갔다(?)는 생각이 든다. 회사 욕도 대나무 숲이라면 모를까 후배들에게 함부로 해서는 안 된다. 그래서 너는 무얼 할 수 있느냐는 질문에 여전히 명확한 대답은 모르겠지만, 마냥 대안 없는 회사 욕을 하고 싶지는 않다.

그래도 일말의 애사심이 남아 있을 때, 후배들은 좀 더 나은 회사에 다녔으면 좋겠다. 당장 눈에 보이지는 않지만 조금씩 나은 회사가 되기를. 그래도 후배들에게 더 나은 회사를 물려주고 싶다. 내 회사도 아닌데 이쯤 되면 오버가 분명하지만, 어쩌면 이건 '좋은 어른'이 되고 싶다는 생각과 일맥상통하는 것인지도 모르겠다. 나이를 먹는다는 것이, 기성세대가 된다는 것이 불가피한 것이라면 꼰대가 아니라 '훌륭한 어른'이 되자고. 개인의 삶에서도, 조직에서도.

이렇게 오늘 회사에서 겪은 일을 성찰하며, 부끄럽지 않은 어른이 되자고 결심하며, 실망과 분노의 상황을 아름답게 승화해 본다.

회사에 근무한 시간이 길어질수록
회사가 이런 데에는 나의 책임도 있다는
생각이 든다. 구체적으로 내가 무엇을
잘못해서 이렇게 되었다, 라기보다
나 역시도 이 조직의 구성원으로서
조직 내에서 벌어지는 문제의 책임에서
자유로울 수 없다는 것이다.

모두의, 그리고 각자의
삶을 위하여

장수연 작가의 책『내가 사랑하는 지겨움』에는 심야 라디오 방송 PD로 일하며 육아를 하는 작가의 현실적인 고충이 담겨 있다. 임금 노동을 하면서는 육아와 살림에 참여할 수 없을 만큼 많은 양의 노동을 요구하는 근로 환경을 개선하기 위해서는 '모든 근로자'들의 노동시간이 줄어야 한다는 말이 나온다. 출산이나 육아 중인 남녀 근로자와 같은 '특정 근로자'가 아닌 '모든 근로자'. 이 단어에서 나는 얼마 전 '육아기 단축근무'를 신청한 친구가 떠올랐다.

친구는 회사에서 '1호 신청자'인 덕에 당연히 누릴 수 있는 제도임에도 이른바 '용자'가 되었다고 한다. 노조에서 용기를 내주어 고맙다고 전화까지 받았다고. 이러다

회사가 좋았다가

최초로 육아기 단축근무를 신청하고 노조위원장 후보로 나가는 거 아니냐는 웃픈 농담을 하긴 했지만 친구는 팀 내에서 꽤 불편한 상황인 모양이다. 불가피하게 자신의 업무가 팀원들에게 조금씩 배분되면서 너무 눈치가 보인다고 한다. 눈치가 보이는 이유는 '육아기 단축근무'라는 제도의 이름처럼 단축근무가 육아기의 직원만 쓸 수 있는 제도이기 때문일 것이다. 육아를 하는 직원이든, 반려견을 키우는 비혼 직원이든, 각기 다른 생애 주기에서 적정한 사유로 누구나 단축근무를 쓸 수 있다면 제도에 대한 불만이나 직원 간의 갈등을 줄일 수 있다.

'반려견'을 이야기하니 얼마 전 사내 동호회 회식 에피소드가 떠오른다. 회식 참석 명단을 정리하던 중 한 남자 대리님이 갑자기 참석이 어렵게 되었다고 했다. 이유는 '애기 유치원 하원' 때문이라고 했다. 순간 당황했다. 결혼도 안 한 대리님이 애기 유치원 하원이라니? 알고 보니 대리님의 '울 애기'는 반려견이었다. 혼자 살며 반려견을 키우다 보니 일주일에 삼 일은 유치원에 보내고 있다고. 결국 회식 장소에 반려견 동반이 가능함을 확인하고 동호회원들에게 양해를 구한 뒤, 대리님은 반려견을 데리고 회식에 왔다. 유치원에서 교육을 잘 받은 덕인지 아빠를 따라온 반려견은 있는지도 잘 모를 만큼의 얌전함과 예의 바름으로 모두의 귀여움과 칭찬을 독차지했다.

반려견은 없지만 '화려한 직장인 싱글남'의 로망을 적극 실천하며 살고 있는 취미 부자 동료도 있다. 친한 회사 동기인데, 얼마 전 나에게 회사 제도에 관해 물어본 적이 있다. 직원들의 주거 안정을 위한 사내 전세자금 대출 지원 제도 중 하나가 '기혼자'들에게만 자격이 주어진다는 거였다. 몰랐던 일이라 찾아보니 정말 그랬다. 싱글이라고 전셋집을 구하는 게 쉬울 리 없고, 연령대가 젊은 회사 특성상 사내에 혼자 사는 직원들이 많은데도 개선되지 않은 것은, 세상의 빠른 변화에 오래된 제도가 따라가지 못한 탓이다.

시대에 뒤떨어지는 제도에 불평을 토로할 순 있지만 불평으로 끝나면 달라지는 것은 없다. 나는 동료에게 이 문제를 노사 위원회의 안건으로 내보면 어떻겠냐고 제안했다. 실행력이 강한 동료는 바로 메일을 보냈다. 누가 봐도 합리적으로 개선이 필요해 보이는 사안이었기에, 안건은 즉시 통과되었고 바로 다음 달부터 전세자금 대출 지원 제도에서 '기혼자' 조건은 삭제되었다.

육아를 하지 않아도, 반려견을 키워도 '나의 시간'은 소중하고 필요하다. 워라밸은 여성이건 남성이건, 특정 생애 주기를 지나고 있는 '일부 직원'이 아닌 '모든 직원'

에게 당연히 적용되어야 한다. 결혼하지 않아도, 아이가 없어도 내가 살 집은 필요하다. 전세자금 대출을 받아 구한 집에서 가족과 함께 살며 육아를 하는 직원도 있지만, 혼자 살며 요리를 하고 취미 생활을 즐기며 개인적인 삶으로 집을 채워나가는 직원도 있다. 모두가 존중받아야 할 각자의 삶이자 선택이다.

그런 의미에서 '모든 근로자'라는 말은 중요하다. 모든 근로자가 존중받아야 하는 것은 출산한 여성이나 양육을 해야 하는 직원과 같은 특정 근로자가 눈치를 보지 않고, 제도에 해당되지 않는 직원도 불편한 상황을 겪지 않기 위함이다. 조직 내 소모적인 갈등을 줄이고 모두의, 그리고 각자의 삶을 존중하는 계기가 될 수 있다. 장수연 작가는 이런 담론에 대해 '현실적으로 쉽지 않다'고 말하는 사람들은 보통 현실을 잘 알고 있을 만큼 오래 일한 분들이며, 바로 '그 사람'들에게 지금의 체제를 바꿔나갈 책임과 역량이 있다고 말했다.

지나고 보니 '그 사람'들에 나도 포함됨을 느낀다. 10년이 지나도록 바뀌지 않은 문제가 있다면 그 문제의 책임은 나에게도 있다. 문제를 몰랐다면, 모르는 것 또한 무책임한 일이다. 조직 내에서 직급이 높을수록, 권한과 책임이 큰 사람일수록 '무지'는 곧 '무능'임을 지난 시간 동안 느꼈다. 개선되지 않은 몰랐던 문제를 알았을 때, 같이 불만만 토로하는 것이 아니라 그 문제의 책임이 나에게도 있다고 생각하는 사람이 많을수록, 대안 없는 비판이 아니라 적극적으로 문제 제기를 하고 개선을 도모하는 사람이 많을수록 좋은 조직이 된다.

당장 눈에 보이거나 거창하지 않아도 회사가 조금씩 나아지는 일을 방관하지 않고 도모하는 선배가 되고 싶다. "난 몰랐어", "현실적으로 어려워"라는 말을 함부로 하지 않는 선배, '모르는 것'과 '하지 않음'의 부끄러움을 아는 기성세대로 늙고 싶다.

개선되지 않은 몰랐던 문제를 알았을 때,

같이 불만만 토로하는 것이 아니라

그 문제의 책임이 나에게도 있다고 생각하는

사람이 많을수록, 대안 없는 비판이 아니라

적극적으로 문제 제기를 하고 개선을 도모하는

사람이 많을수록 좋은 조직이 된다.

재택근무를 해봤어야 알지

자발적으로 또는 본의 아니게 재택근무를 시행하는 회사가 늘고 있다. 전자는 코로나19 확산에 선제적으로 대응한 것이고, 후자는 갑작스러운 사내 확진자 발생으로 준비가 전혀 되지 않은 상황에서 재택근무를 '시행당했다'는 표현이 적절하다. 요즘 친구들과 가장 많이 주고받는 질문이 "너희 회사 재택근무해?"이다. 코로나 시국에 회사가 근무 형태를 어떻게 유연화하고 관리하는가를 통해 이 회사에 오래 다녀도 될지 일종의 비전을 평가하게 된다는 말도 나온다. 시행할 마음도, 시행할 준비도 전무한 상태에서 재택근무를 시작한 기업들의 여러 웃픈 에피소드가 지인들에게서, SNS나 인터넷 커뮤니티에서 넘쳐난다.

건물에 갑자기 확진자가 나오는 바람에 자가격리되어 재택근무를 하는데 당장 노트북이 없어서 아무것도 못 하고 놀고 있다는 이야기, 재택근무가 시작되자 팀장님이 우리가 일을 안 하고 놀까 봐 사내 메신저와 카톡방을 동시에 운영하며 한 시간에 한 번씩 전화하는 식의 불안 증세를 보인다는 이야기, 어린이집이며 유치원이 모두 휴원을 하는 바람에 화상회의 모니터 속 과장님, 차장님 어깨에 아이들이 한 명씩 매달려 있다는 이야기, 아무리 화상이지만 서로 예의는 지키자며 비즈니스 캐주얼을 입자는 팀장님 말에 트레이닝복 위에 재킷만 걸치고 일한다는 이야기까지. 그런가 하면 이런 웃픈 상황 속에서도 영민하게 팀을 관리하고 신뢰와 자율 속에서 성과를 내는 리더를 통해 코로나19 시국이라는 극단적인 상황이 리더십의 옥석을 가려준다는 이야기도 있다.

우리 회사도 이런 과도기적 상황에서 재택근무를 시작하여, 팀원 한 명도 제대로 재택근무 보내기 힘들다는 말이 나올 만큼 멘붕을 경험했다. 특히 우리 팀은 국가의 현 상황으로 따지면 중앙방역대책본부 같은 역할을 담당하고 있는지라 팀원들은 물론이고 부장님의 스트레스와 예민 지수가 폭발 직전인 상황이다. 그러던 중 임산부인 팀원의 재택근무를 신청하는 옆 팀 팀장님과 대화를

싫었다가

나누는 과정에서 부장님이 폭발하고야 말았다. 정확히 표현하자면, 폭발이라기보단 거의 울었달까.

"○부장님, 재택근무 직원 업무 일지 양식 있어?"
(일단 업무 일지라니 이 무슨 80년대 회사 분위기?)
"그런 양식이 어딨어! 나도 재택근무를 해봤어야 알지. 없는 거 뻔히 알면서 왜 그래! (버럭)"
"알았어. 그냥 만들면 돼? 왜 짜증이야… (머쓱)"

"재택근무를 해봤어야 알지." 이 한 마디에 부장님의 환장할 것 같은 심정이 진심으로 이해가 갔다. 2020년쯤엔 출퇴근 지옥철은 구시대의 유물이 되고 유연근무, 재택근무 같은 디지털 노마드적인 삶이 일반화되었을 줄 알았지. 이렇게 준비가 하나도 안 된 상황에서 전염병 때문에 재택근무를 하게 될 줄이야 누가 상상이나 했을까. 그런데 울며 겨자 먹기 식으로 프로세스를 만들고 의사결정과 신청 절차, 각종 양식을 꾸역꾸역 만들면서도 분명한 한 가지는 바로 '달라지고 있다는 것'이다. 동기야 어찌 되었건 재택근무는 근로 문화의 하나로 이미 시작되어 버린 것이다.

최근 2년여 동안 '주 52시간 근무제'의 도입과 정착 과정을 경험하며 기업문화 담당자로서 절절히 느낀 것은 기업문화에 점진적 변화란 얼마나 어려운 일인지와 어느 정도의 충격과 강제의 힘이 의식 변화에 얼마나 지대한 영향을 미치는가 였다.

　아무리 알아서 바꾸라고 해도 안 되던 걸 강제로 하니까 되더라는 자성의 목소리가 흘러나왔다. 오후 6시 10분 전부터 꺼질 준비를 하는 'PC-Off제', 퇴근하라고 불까지 꺼버리는 회사가 늘어나니 '야근하는 사람=일잘러'라는 공식이 급격히 깨졌다. 부서원들의 초과 근로 시간이 문제가 되고 평가에까지 반영되다 보니 속으로는 어떨지 몰라도 이제 빨리 퇴근하라고 재촉하는 부서장님들의 모습이 낯설지 않다. 일종의 충격 요법은 생각보다 효과적인 방식으로 빠르게 문화를 바꾸고 있다. 코로나19로 촉발된 재택근무 또한 앞으로 보다 유연하고 다양한 근로 형태로 이어져 근로 문화를 바꾸는 계기가 될 것이다.

　이 와중에 한 친구가 '사회적 거리 두기'를 하라며 회사에서 재택근무를 시켜 놨더니, 재택근무 시작 전날 팀원들과 퇴근하다가 갑자기 내일부터 못 본다니 서운하다며 다 같이 삼겹살을 먹으러 갔다는 에피소드를 듣고 한참을 웃었다. 웃다 보니 인간적인 유대를 중시하는 한국의 근로 문화 또한 무시할 수 없다는 생각이 들었다.

정답은 없지만, 내가 좋아하는 알베르 카뮈의 문학 세계를 표현하는 말 '홀로 그리고 함께(Solitaire et Solidaire)'가 떠오른다. 코로나19가 만들어낸 계기와 변화를 통해 한국의 기업문화도 근로 형태의 다양성을 존중하며 홀로와 함께 사이의 균형감을 찾아나갈 수 있지 않을까. 코로나는 떠나고 새로운 문화는 남기를 희망해 본다.

한낱 직장인이지만

다음 주면 괜찮겠지, 앞으로 2주가 고비야, 전 국민이 코로나19 때문에 시한부 일상이 되었다. 이제는 코로나 시국이 끝나도 원래의 일상이 아닌 새로운 일상을 준비해야 하는 것이 아닐까. 다들 '뉴 노멀New Normal'을 이야기하며 언택트 사회를 넘어 사회 전반의 변화가 본격화될 것이라 예측한다. 거창한 용어로 설명하지 않아도 이미 나 역시 일상의 감각이 조금씩 달라지고 있는 것을 느낀다.

예를 들면, 얼마 전 지하철 고장으로 출근길에 평소보다 이십 분 넘게 열차를 기다렸다. 세 대 정도가 지나갔을 시간이 누적되다 보니 갑자기 늘어난 인파에 엄청난 답답함을 느꼈다. 예전 같으면 아무렇지 않았을텐데 왜 이렇게 답답한가 했더니, 내가 이용하는 공항철도에 근래 해외로 나가는 사람도, 국내로 들어오는 사람도 적어졌기 때문이다. 코로나19로 나라가 고립되는 바람에 다른 서울 지하철보다도 훨씬 한산한 채로 두 달을 보냈다. 생각해 보면 지금의 인파는 코로나 이전의 절반도 안 되는 수준이다. 출퇴근하는 사람에 대형 캐리어를 끌고 입출국하는 사람들로 언제나 발 디딜 틈 없었던 게 일상이었다. 그 시절로 다시 돌아갈 수 있기를 간절히 바라고는 있지만, 다시 적응할 수 있을까 두려웠다. 어딜 가도 적당히 한산한 서울, 차가 막히지 않는 도로, 깨끗한 하늘 같은 '특수한' 상황만큼은 그리울지도 모르겠다.

상반기가 끝나가며 회사에서도 직장인으로서 느끼는 일상의 감각이 달라지고 있다. 그저 이 시간이 빨리 끝나기를 바라는 마음, 이러다 1년 동안 할 일을 하반기에 몰아서 하는 게 아닐까 하는 걱정뿐이었는데. 1분기가 다 가고, 2분기가 오니 불안한 마음이 든다. 거대한 불안 앞에서 한낱 직장인인 내가 할 수 있는 일이 뭐가 있을지 무기력한 마음도 함께다. 요즘 나의 무기력한 현실은 이러하다. 오전 8시 30분, 집 근처 약국 앞에 줄을 선다. 코로나19 사태로 마스크 품절 대란이 일어났고, 사람들은 마스크를 사기 위해 TV에 나온 유명 맛집처럼 약국 앞에 긴 줄을 선다. 오늘부터 정부에서는 사태 해결을 위해 공적 판매를 시작한다. 1인 최대 구매 수량인 마스크 두 장을 사기 위해 아직 오픈도 하지 않은 약국 앞에 줄을 서고 보니 줄을 선 사람들 너머로 약사의 얼굴이 보인다. 피로가 가득하다. 마스크 파는 기계가 된 사람처럼 무념무상 마스크를 건네고 결제를 하던 약사가 갑자기 내 앞의 중년 남성과 나 사이에 팔을 뻗는다.

"죄송합니다. 여기 앞의 분까지로 마감되었습니다."

영화의 한 장면 같았다. 이른 아침부터 기다렸는데 내 바로 앞에서 마감이라니. 누구의 앞에서라도 마감은 되겠지만 바로 내 앞에서, 이토록 나에게만 드라마틱한 순간이라니.

마스크를 끼고 있어 눈밖에 안 보였지만 약사의 표정이 세상에서 가장 큰 죄라도 지은 것처럼 미안한 표정이라 나는 얼핏 서릴뻔한 원망의 눈빛을 바로 거둘 수밖에 없었다. 허탈하게 돌아서 나오는데 약사가 A4용지 두 장을 들고 내 뒤를 따라 나왔다. 약사는 매일 아침 하던 일을 하는 사람의 얼굴로 A4용지 두 장을 약국 문에 붙이고 다시 들어갔다.

"오늘 공적 마스크 판매 마감되었습니다."
"마스크 대기 줄을 서실 때는 바이러스 감염 예방을
위해 반드시 마스크 착용을 부탁드리며, 서로 간격을
두고 줄을 서주시기 바랍니다."

자리에 앉아 집중하며 모니터를 바라본다. 아마도 점
점 더 빨라지는 판매 마감 시간에 내일은 몇 장의 마스크
를 받을 수 있을지, 얼마나 더 많은 사람에게 미안한 표정
을 지어야 하는지, 어려운 마음일 것이다. 그럼에도 약사
가 할 수 있는 일은 이런 것이다. 매일 아침 약국을 여는
것. 그날 들어온 마스크 수량을 확인하는 것. 줄을 선 사
람들에게 마스크 착용과 일정한 간격을 유지하며 줄 서기
를 당부하는 일. 마스크를 건네고 결제하고 마감을 알리
는 것. 내일은 좀 더 많은 수량을 확보할 수 있도록 애쓰
는 것. 이 와중에 안내문을 붙이며 혹시 모를 감염을 예방
하고, 서로의 안녕을 돕는 일.

그러니까 내 자리에서 묵묵히 나의 일을 하는 것,
그것뿐이다.

안녕을 묻는 일도 많은 생각이 드는 요즘이지만, 내

자리에서 불평 없이 자신의 할 일을 하는 약사의 모습을 보며 서로의 안녕을 묻고, 돕는 일을 멈추지 말아야겠다고 생각했다.

내가 할 수 있는 일이 뭐가 있을지 무기력해질 때마다, 각자가 자신의 일상을 무사히 살아낸다면, 또 언제 그랬냐는 듯 다시 일상으로 돌아갈 수 있지 않을까. 그러다 이런 고민을 항상 나보다 먼저 같이해 주었던 선배가 떠올랐다. 지금은 해외 법인에 있지만, 선배와 함께 일했던 3년의 시간 덕분에 '고민하는 힘'을 가지게 되었다. 돌이켜 보면 직장 생활의 큰 행운이었다. 그리운 마음으로 카톡 창에 안부 인사를 전했다. 안부 인사치고는 진지한 이야기인 코로나19로 연초부터 계획했던 많은 일을 추진하지 못한 아쉬움과 답답함, 그럼에도 이제 코로나 이후의 세계에 대해 준비해야 하는 시점이 아닐까하며 이런 고민을 늘 먼저, 또 함께해 주었던 선배 생각이 난다고. 선배 덕분에 나는 '고민하는 힘'을 가지게 된 것 같다는 고마운 마음을 전했다. 한 시간쯤 후 먼 나라에서 온 짧은 답장에는 반가움과 기쁨의 말, 그리고 내가 앞으로 회사에서 성장하여 큰 역할을 하게 된다면 더 바랄 게 없다는 과분한 응원이 돌아왔다.

선배 덕분에 예측하기 어려운 코로나 이후의 세계를

생각한다. 전 세계 모든 기업이 처음으로 경험하는 변화 앞에서 한낱 직장인의 한 사람인 내가 하는 고민이 무슨 의미가 있을까 하는 비관이나 절망을 경계한다. 늘 비판적 낙관을 강조했던 선배 덕분에, 벤치마킹 사례도, 레퍼런스도 없는 그야말로 그 누구도 가보지 않은 길 앞에서 고민을 시작하게 되었다. 기업문화 담당자로서 장기전이 될지도 모를 지금의 상황에서 이제 전혀 경험해 보지 못한 새로운 방식의 일하는 문화를 받아들이고 준비해야 한다는 것.

아직 그 답은 알 수 없지만, 스스로 이런 고민을 시작해야 한다는 생각이 드는 것을 보면 지난 직장 생활이 헛되지 않았다는 생각이 든다. 그저 주어진 일을 하며 마모되는 것이 직장인의 숙명인지도 모른다고 생각했지만, 실제로 그런 시간 속에서도 배우고 성장하며 고민하는 힘이 길러졌다는 것. 사회적 거리 두기로 피로한 일요일 밤 그래도 '한낱 직장인으로서의 나'를 긍정할 수 있음에 감사하다.

내가 할 수 있는 일이 뭐가 있을지
무기력해질 때마다, 각자가 자신의 일상을
무사히 살아낸다면, 또 언제 그랬냐는 듯
다시 일상으로 돌아갈 수 있지 않을까.

오래, 꾸준히, 건강하게
일하기 위하여

얼마 전 회사를 30년 다닌 임원분과의 식사 자리에서 "요즘 회사 생활 어때?"라는 질문을 받았다. 그간의 내공으로 최대한 자연스럽게 하하 웃으며 빠르게 할 말을 찾는 나에게 그 임원분이 말했다.

"회사가 좋았다가 싫었다가 하지?"
더 놀라운 것은 바로 그다음 말이었다.
"나도 그래."

아!

마음속 깊은 곳에서부터 탄성이 올라왔다. 절망의 탄식이 아니라 희망의 탄성이었다. 회사를 30년 다녀도 회사가 좋았다가 싫었다가 하는구나. 회사가 괜찮다가 그만두고 싶다가 하는구나. 당연한 거구나. 분명 예전이라면 절망적이었을 '나도 그렇다'는 솔직한 고백이 희망적으로 들렸던 이유는 내가 변했기 때문일 것이다. 어차피 30년을 다녀도 내 것이 아닌 회사 생활이지만 그 안에서 최대한 나의 일을 하는 것, 영혼 없이 일하지 않을 자유를 누리는 것, 무엇보다 온전히 나에게 달린 그 모든 가능성을 찾는 방법을 이제 조금은 알게 되었다. 절망의 탄식이 희망의 탄성이 된 것은 글쓰기, 이 책을 쓴 덕분이다.

남몰래 쓰던 글들을 누군가가 읽어주기를 바라는 마음으로 글쓰기 플랫폼에 오픈한 후, 조회 수가 늘어나고 공감의 댓글이 달릴 때마다 말로 표현할 수 없을 만큼 기뻤다. 그런데 이상하게 나를 아는 내 주위의 가족, 친구, 직장 동료들에게 글을 오픈하는 것은 망설여졌다. 운 좋게 포털 사이트 메인에 걸려 조회 수가 폭발적으로 늘어나는 것을 일 분에 한 번씩 확인하면서도 내가 아는 사람들은 절대로 읽지 않았으면 좋겠다는 생각이 들었다. 왠지 부끄럽기도 했고 나를 아는 사람들을 의식하면서는 지금처럼 자유롭게 글을 쓰지 못할 것 같은 걱정 때문이기도 했다. 책을 내기로 하고 주말마다 원고를 쓰면서도, "주말에 뭐 했어?"라는 질문에 "뭐 그냥…" 하며 말끝을 흐리거나, 홀로 카페에 앉아 퇴고하며 조사 하나, 단어 하나를 수정하면서 이 세상 그 누구도 알아주지 않는 외로운 일을 하고 있다는 생각이 들기 시작했을 무렵, 정말 외로운 마음에 아주 가까운 사람들에게 조금씩 내가 쓴 글을 오픈했다.

뜻밖에도 가장 드러내기 두려웠던 가까운 사람들로부터의 응원이 제일 큰 힘이 되었다. 특히 나와 비슷한 시기에 직장 생활을 시작한 친한 친구나 동료, 내가 아끼는 사람들이 했던 말, 출근길 글을 읽고 울컥했다거나, 공감하며 위로가 되었다는, 빨리 책이 나왔으면 좋겠다는 응원의 말이 그렇게 큰 힘이 될 줄은 몰랐다. 글을 쓰길 정말 잘했다는 생각이 들었다.

책을 완성해 나가며 가장 잊을 수 없는 순간이 두 번 있었다. 한 번은 동료가 요즘 이직과 커리어 문제로 고민하는 후배에게 너의 글을 읽어보라고 링크를 보냈다고 했던 순간, 또 한 번은 친한 친구가 네 책이 나오면 퇴직하고 제주도에 내려간 부장님에게 꼭 보내드릴 거라고 했던 순간이었다. 나를 위해 쓴 글이 누군가의 마음에 가닿고, 또 다른 누군가에게 전하고 싶은 이야기가 되었다는 것, 내 글이 누군가의 아끼는 사람, 마음이 쓰이는 사람에게 전하고 싶은 위로와 응원의 매개가 될 수 있다는 것이 기적처럼 느껴졌다.

할 수 있는 한 계속 글을 쓰며 기적 같은 순간을 많이 만들고 싶다. 이 책을 쓰면서 배우고 깨달은 방법을 기억하며, 기적 같은 순간들이 주는 힘을 잃지 않고, 계속해서 오래, 꾸준히, 건강하게 일하고 싶다.

회사가 좋았다가 싫었다가
오래, 꾸준히, 건강하게 일하기 위하여

초판 1쇄 인쇄 2020년 10월 16일   전화 031-955-4955
초판 1쇄 발행 2020년 10월 28일   팩스 031-955-4959

지은이 배은지   홈페이지 www.gcolon.co.kr
펴낸이 이준경   트위터 @g _colon
편집장 이찬희   페이스북 /gcolonbook
총괄부장 강혜정   인스타그램 @g_colonbook
편집 김아영, 이가람
디자인팀장 정미정   ISBN 979-11-91059-02-1 03810
디자인 정명희   값 13,500원
마케팅 정재은
펴낸곳 지콜론북

출판등록 2011년 1월 6일 제406-2011-000003호
주소 경기도 파주시 문발로 242 ㈜영진미디어 3층

이 도서의 국립중앙도서관 출판예정도서목록(CIP)은
서지정보유통지원시스템 홈페이지(http://seoji.nl.go.kr)와
국가자료공동목록시스템(http://www.nl.go.kr/kolisnet)에서 이용하실 수 있습니다.
(CIP제어번호: CIP2020043096)